あまり賢くないようですね
You are not very smart.
灰の魔女イレイナ
世界中を旅する魔女。
路銀を稼ぐために
怪しい商売をすることも……。

「ほんと私にそっくりですね！」
？？？？
「灰の魔女」とそっくりな女性。
各地で善行を重ねている??

「そんなんじゃないから！」
キリカ
『砂のヴォルデン』に暮らす女性。
鑑定屋を営んでいる。

「おめーの野望はよくわかったよ」
ノクラ
『カラドリア遺跡』を発掘する青年。
キリカの幼馴染で鑑定屋を手伝う。

「い、いきなり何……？」
ミレイユ
『結ばれるノエティラ』で出会う女性。
「恋愛管理局」の元職員。

魔女の旅々21

THE JOURNEY OF ELAINA

CONTENTS

魔女の旅々

THE JOURNEY OF ELAINA

21

Shiraishi Jougi

白石定規

Illustration

あずーる

偽者の灰の魔女

遥《はる》か先まで続く青い空の下。

平原を川沿いに進んだ先に、こぢんまりとした国が一つありました。

門の前には兵士が一人。入国のための審査は特に行っておらず、たとえば旅の魔女が立ち寄った際もほうきを降《お》ろさせることなく「さあどうぞ」と端《はし》に退《しりぞ》きました。

「どうも」と会釈《えしゃく》を返す旅の魔女。

そして通り過ぎた先に見えたのは、何とも可愛《かわい》らしい雰囲気《ふんいき》の街並みでした。

軒《のき》を連《つら》ねるのは木造りの家々。とある民家は窓辺に花を並べ、とある民家は庭に木が立ち、街の至るところに平和な空気が流れていました。

とてもとてものどかな国。

端的《たんてき》に言い表すならば、

「なかなかいい国ですね――」

入国と同時に彼女は呟《つぶや》き、ゆっくりとほうきを地上に下ろします。

それはそれはとても美しい魔女でした。

髪《かみ》は灰色《はいいろ》、すらりと伸びており、瞳《ひとみ》は瑠璃色《るりいろ》。黒のローブと三角帽子《さんかくぼうし》を身に纏《まと》った彼女の胸元《むなもと》には、魔女である証《あか》しのブローチが誇《ほこ》らしげに提《さ》げてあります。

と同時にのどかな雰囲気の国の中、彼女は少々胸《むね》を張りました。

「ふっ――」

私は旅の魔女。

魔女ですよ、魔女。魔法使いに与えられる称号《しょうごう》の中でも最高位。これがどういうことかわかりますか？　とっても凄《すご》いということです。

しかも凄いだけでなく彼女はどこから見ても可憐《かれん》であり、誰が見ても愛くるしく、そして何といっても見目麗《みめうるわ》しい。三度にわたって美しいという言葉を言い換えてみましたが、要約するととにかく容姿《ようし》が整っているということだけを言いたかったのです。

凄いだけでなく美しい。

おそらく辺境《へんきょう》の小さな国で私のような存在は見たことも聞いたこともないでしょう。

さあどうぞ存分《ぞんぶん》にご覧《らん》になってください。

……などと言いたげな表情を浮かべながら彼女は髪をなびかせました。

はてさて彼女は一体どなたでしょう？

そう、私です。

「………」

などと一通り言葉を並べたあとで大変恐縮《きょうしゅく》なのですけれども。

一応、誤解《ごかい》がないように先んじて申し上げておきたいのですけれども。

斯様《かよう》な感じに自身の容姿をひたすら褒《ほ》め称《たた》えることが私はままあるのですが、私自身は決して美しい人間の頂点に立っているなどというつもりもなく、どちらかといえば並べている言葉の数々もよくある冗談《じょうだん》の一つと捉《とら》えていただけるものだと思って語っています。

つまるところ「またまたご冗談《じょうだん》を」と軽く受け流していただけるとそこそこ嬉《うれ》しいのです。苦笑《くしょう》を返してくれてもまあいいでしょう。

「お、おおおお……！　な、何という美しさだ……！」

しかし、このような反応をされると私としても困ってしまうのです。

それは私がこの国の地に降り立った直後。

髪をさらりとなびかせながら「何をしましょう？」と思いを巡《めぐ》らせていた最中の出来事でした。

「ま、魔女様だ……！　皆の者！　魔女様が我が国にいらっしゃったぞおおおおお！」

路上を歩いていた男性の一人が、私を指差しながら腰《こし》を抜かして叫《さけ》び、

「何だ何だ？」「魔女だって？」「きたのか！」

そして民家の中から人がぞろぞろやってきて、

「うおおおおおおお！」「本当だ！　魔女様がついにうちの国にやってきたのか！」「やったあああああああ！」

まったく意味不明《いみふめい》なことに彼らは私を見るなり叫び、喜び、そして周り一面を取り囲んできたのです。

「え、ちょっ……えええ？」

私はただただ戸惑《とまど》いました。

想定外《そうていがい》でした。

少々田舎《いなか》のほうの国であることは門をくぐったその瞬間から何となく察《さっ》していた部分ではありますけれども、ここまでの過剰《かじょう》な反応をされるなどとは思っていなかったのです。

「――ようこそイレイナ様！」

各地を旅する魔女といえど、美人で魔女を自称《じしょう》する私といえど、まさか田舎のほうの国に自身の名前が知れ渡っているなどとは思いもしなかったのです。

いやはやまったく想定外。

「……えええええ？」

ゆえに目を輝かせる人だかりの中心で、わけもわからずただただ声を上げる魔女の姿がそこには一つ、ありました。

今の彼女の表情は困惑《こんわく》そのもの。

ついでに言えば内心で「ひょっとしてさっき一人でしたり顔を浮かべてたところを見られてしまったのでは……？　恥《は》ずかしいですね……」と思っていました。

「さっき路上でやってたしたり顔、超よかったですよ！」「もう一回やってください！」

「…………」

閉口《へいこう》。

何はともあれその日、小さな国の路上にて、一人の魔女が住民に取り囲まれてしまったのです。

はてさて彼女は一体どなたでしょう?

改めて言いますね。

そう、私です。

○

まったくもって意味がわかりません。

正直に申し上げれば私というのは単なる一介《いっかい》の旅人でしかありません。「君可愛いね!」と見ず知らずの馬《うま》の骨《ほね》から声をかけられることはあっても、入国するだけで喝采《かっさい》を浴びせられるようなわれはないはずです。

「ま、魔女様が真面目《まじめ》な表情をしている……」「何て綺麗《きれい》なの……?　私、くらくらしちゃうわ……」

…………。

ただ黙《だま》り込んで考えているだけでこのような感想を抱かれるのは少々いきすぎというか、何かしらの事情を感じざるを得ません。

ゆえに私はその場にいた方々にそれとなく尋ねることにしました。

一体なぜ私のことを知っているんですか?

私、そんなに有名なんですか?

ざっくりそのような言葉を、辺りに目を向けながら投げかけました。

彼らの反応は以下のようなものでした。

「あははは！　ご冗談を。ご自身が普段行っている善行《ぜんこう》の数々を忘れてしまったのですか？」

ぜ、善行……？

「あ！　もしかしてイレイナ様ったら、人助けをすることが当たり前って言いたいのかしら！」

いやあ少なくともこの国に住む人たちに感謝されるようなことをした覚えはないはずですけれども。

「もはやイレイナ様はこの国はおろか周辺地域においては人々に笑顔を振りまく天使《てんし》のような存在になっているのですよ。それも御自覚《ごじかく》がないと？」

ありませんけど……。

「ご謙遜《けんそん》なさらないでください！　我々《われわれ》は皆《みな》、イレイナ様のことを心より愛しています！」

話は変わりますけど知らない人からいきなり向けられる愛情って少々重たいですよね。

「以前より近隣諸国《きんりんしょこく》で人助けをして回っている美しい魔女様がいると噂《うわさ》にはなっていましたが、まさか我が国にまで足を運んでくださるだなんて……ああ、奇跡《きせき》だ……」

…………。

ううううううん……？

話を聞けば聞くほど私は首をかしげてしまいました。

近隣諸国で人助けをする美しい魔女？　一体どなたのお話をしているのでしょう？　そのような善行を重ねるような旅路《たびじ》を辿《たど》ってきた記憶はこれっぽっちもございません。私に似合《にあ》う飾《かざ》り言葉はどちらかといえば自由奔放《じゆうほんぽう》、ろくでなし、くらいなものでしょう。

「イレイナ様が行ってきた善行の数々は我が国でもいつも話題になっているのですよ！」

にもかかわらず目を輝かせる街の住民たち。

きっと私を別のどなたかと勘違《かんちが》いしているのでしょう――の割には私の顔と名前を認識していることは気がかりですけれども。

ひょっとして同名《どうめい》のそっくりさんがこの辺りの国におられるのでしょうか？　そうとしか考えられないような勘違いが起きているようでした。

「そういえばイレイナ様、この前は隣《となり》の国で凄いことを成《な》し遂《と》げたそうじゃないですか――」

前のめりになる街の住民たち。「隣の国で大雨のせいで土砂崩《どしゃくず》れが起きて道が塞《ふさ》がってしまったとき、土砂を払《はら》いのけてくださったそうですね！」

すごーい！　と人々は大盛り上がり。

「はあ……」

対して私は閉口するばかりでした。

そもそも隣の国、と言われましてもこの辺りの地域の地理にはまったく明るくないのでいまいちピンとこないものです。首をかしげて私は尋《たず》ねます。

「ちなみにそれっていつの話ですか？」

「一週間前です」

「なるほど一週間前ですか」

それではここで一週間前の私がどこで何をしていたのかを簡潔明瞭《かんけつめいりょう》にお伝えしましょう。

まず大前提《だいぜんてい》としてその時の私は土砂災害《さいがい》を目撃することなどなく、それどころか普通に遠くのほうの国で商売をしておりました。

「どうもどうも」

待っていた商人数名に対して手を振りながら優雅《ゆうが》に壇上《だんじょう》に登場する灰《はい》の魔女イレイナこと私。その日の私は魔女でもあり、旅人でもあり、そして商人たちに対するアドバイザーでもありました。

「魔女さん、聞いたぜ。絶対に儲《もう》かる話があるらしいじゃねえか」

是非《ぜひ》とも教えてもらいたいものだねぇ、と怪《あや》しい笑みを浮かべるのは『いい儲け話がありますよ……』と私がその国の商人に対して囁《ささや》いて回った結果ついてきたうちの商人の一人。

私は然《しか》りと頷《うなず》きます。

「ええ。これを使えば一発で大儲け確実ですよ」

言いながら私が彼らにご紹介したのは私がその辺の紙切れに魔法を付与《ふよ》して作った一枚の紙幣《しへい》。

金貨《きんか》でも銀貨《ぎんか》でも銅貨《どうか》でもなく、紙切れひとつ。

表面には私のお顔、裏面には数字が描かれています。

一体それは何なんだ？　と言いたげな表情で紙切れを眺《なが》める彼ら。

私は言いました。

「これは私が作った魔法紙幣です。通貨の単位は……そうですね、私の名をもじってレイナと呼称《こしょう》しましょう。今後はこの魔法紙幣を使って商品を売買してください」

魔法紙幣の一レイナは基本的に銀貨一枚と等価《とうか》。宿に泊まれる程度のお金と一レイナは同価《どうか》ということになります。

これは私の目の前にいる商人たちのお店でしか使うことができない限定的な通貨であり、使えば使うほど印字されている数字が減ってゆく仕組みになっています。紙幣に記載《きさい》されている金額が足りない場合はその都度《つど》お金をまとめて払って、魔法紙幣に記載されている数字を増やさなければなりません。

要は銀貨を紙切れに変える仕組みですね。

「……そんな面倒《めんどう》なことをしてどうやって儲けるんだ？」

商人の一人が尋ねました。

要はお金のやり取りをわざわざ別の紙幣に切り替えるという余計《よけい》な手間《てま》をかけるだけのお話。一体どこに得をする仕組みを挟《はさ》み込めばいいのでしょう？

しかしこれはとても簡単なお話なのです。

「この魔法紙幣を銀貨十枚で売り捌《さば》いてください」

私は彼らに私の顔が描かれた紙幣を配りながら言いました。

裏面に描かれた数字は十三。

つまり魔法紙幣を買った時点で消費者は銀貨三枚ぶんの得をするのです。

「何だと……？」それでは我々が損《そん》をしてしまうではないか。と言いたげなお顔で目を丸くする商人さんがおりました。

短絡的《たんらくてき》ですね。

私は彼らに囁きました。

「大丈夫《だいじょうぶ》です」

どうせ魔法紙幣をぴったり使い切って去《さ》る客なんていないんですから――と。

必ず客はある程度の余力《よりょく》を残して買い物をするはずです。

余力を残して買い物をしている顧客《こきゃく》が多ければ多いほど、商人側に多くお金が残るようになっています。

つまり簡単に言えば商人は魔法紙幣を売るだけでまとまったお金を手にいれることができ、顧客は銀貨三枚ぶんお得になる。お得な話は噂になって広がって、お店は徐々《じょじょ》に繁盛《はんじょう》する。

そして客が増えれば増えるほど、手元のお金が増えてゆく。

何ともわかりやすい好循環《こうじゅんかん》がそこに生まれるのです。

「おおお……！」

驚嘆《きょうたん》する商人さんたち。

事前に語った通り、いい儲け話であったことに感動しておられました。

「何と素晴《すば》らしい案なんだ！」「天才！」「さすがは魔女様だぁ……！」

わいわいと私を取り囲む商人さんたち。

「いやはやそれほどでも」

どうやらご理解いただけたようですね。私が作った魔法紙幣を使えば誰もが儲けることができるのです。

ちなみに私も例外ではありません。

「こちらの魔法紙幣は一枚につき銀貨一枚で売ってあげます」

にこりと天使のような笑みを浮かべながら私は彼らに素敵《すてき》な商品を売りつけました。

――とまあ、一週間前の私といえばこのような流れを経《へ》てボロ儲けしていたのです。

土砂災害から人を助けていただなんてとんでもない。むしろ私がお金に埋《う》もれて大変だったとでもいえましょう。

「何と素晴らしい人なんだ！」「天才！」「さすがは魔女様だぁ……！」

ですから一週間前に儲け話に喰《く》らいついて鼻息荒《はないきあら》くしていた商人さんたちと大体同じようなセリフを並べながら街の住民さんたちに囲まれてしまっても私は困ってしまうのです。

絶対に私ではありません。断言《だんげん》できます。

「そういえばイレイナ様。聞いた話ではたしか、五日前も近くの国で山火事を鎮《しず》めたそうじゃないですか」

「……あの」

――五日前は魔法紙幣の追加生産をどばどばやって札束《さつたば》の山に埋もれてたところなんですけど。

「三日前は貧困層《ひんこんそう》の人々に食べ物を配って回っていたらしいじゃないですか！　凄い！」

「……いや、えっと」

――むしろ高い宿屋で優雅《ゆうが》にランチタイムを過ごしてたんですけど。

「……？　先ほどから何か言いたげですが、どうかしたのですか？」

私がいつまで経《た》っても歯切れの悪い反応をしているからでしょう。街の住民の一人が不思議そうな表情で私を見つめました。

「……えっと、あのですね」

好意を持って集まっていただいているところ大変申し訳ないのですけれども。

否定《ひてい》をするならば今が最適なタイミングでしょう。

ですから私は、それから満を持《じ》して、口を開き――。

「あ、そういえばイレイナ様！　実は先日、あなたに助けられた住民からこんなものを預かったんです！　受け取ってください！」

――否定しようとしたところで住民の女性が私の手をとり、包《つつ》みを渡してきました。

見下ろすとそこには大量のお金。

ほうほうなるほど。

「私がこの辺の国で善行を重ねてる凄い魔女のイレイナです」

そこには覚えのない善行による報酬《ほうしゅう》を手にする薄汚《うすぎたな》い魔女が一人おりました。

それは一体誰でしょう？

そう、私です。

○

「……しかし一体どういうことなんですか？」

宿屋に泊まったあとで私はむむむと眉根《まゆね》を寄せることとなりました。

住民たちの話から察《さっ》するにおそらくわざわざ私と同じ容姿になりすまし、且《か》つ私の名を騙《かた》っている誰かがいるのでしょうけれども——評判を落とすために悪事を働くならまだしも、なにゆえ善行を重ねておられるのでしょう。

目的がさっぱり意味不明でした。

あるいは私の名を使って悪行《あくぎょう》を働くための前振りか何かでしょうか？

ともするとお相手は何かよからぬことを企《たくら》んでいるのかもしれません。

「詳しく調べる必要がありそうですね」

ひとまず情報収集も兼ねて、直近《ちょっきん》で偽者《にせもの》の魔女イレイナの目撃情報があった国まで訪れるほかないでしょう。

ゆえに私は宿屋の中でこの辺りの地域の地図を開き、ふむと考えながら、言葉を漏《も》らします。

「……とりあえず周辺諸国を回ってみますか」

かくして自分自身と同じ容姿をした誰かを捜《さが》す旅が始まったのです。

自分自身と同じ偽者のことをイレイナと呼称するのは少々ややこしいため、便宜上《べんぎじょう》、偽者の彼女のことは私の名をもじってイレイヌとでも呼んでおきましょう。

どうやら最初に聞いた話の通り、イレイヌさんは周辺諸国で大小さまざまなことを行っているようです。

たとえばお隣の国へと訪れた直後のこと。

「あ、イレイナちゃん！　久《ひさ》しぶり！　この前はありがとう」

急に女性から感謝されました。

「私、あなたに何かしましたっけ？」当然ながら身に覚えがないため首をかしげる私。

偽者の私は彼女に一体何をしたのでしょう？

「私が抱えていた借金《しゃっきん》を帳消《ちょうけ》しにしてくれたじゃない！　忘れたの？」

「ええ……？」

私ならば絶対にやらないことでもイレイヌさんはさらりと行ってしまうようです。

あるいは二つ目に訪れた国では入国直後に男性数名から取り囲まれました。

「イレイナさん！」「ようこそ！　またうちに来てくれたんだね！」「ひゅー！　今日も可愛いね！」

「笑顔が素敵！」

やいのやいのと騒《さわ》ぐ男性陣。彼らが身に纏っている服には『イレイナ一筋《ひとすじ》』の文字が綴《つづ》られておりました。

「うわあ」

何だかよくわかりませんけれども善行を重ね続けた結果、主に男性の固定ファンが出来上がってしまったようです。

私ならば鬱陶《うっとう》しく感じて適当にあしらうところなのですけれども、おそらくイレイヌさんは声援《せいえん》を送ってくる彼らに対してもいい顔を向けているのでしょう。

「あれ？　何か今日のイレイナちゃん……表情が硬《かた》いね？」「どうしたん？　何か悩み？　話聞こうか？」「ひょっとして何か気に障《さわ》った？」「変に誤解されないために言うけど俺たちって別にイレイナちゃんのことを女として見てないっていうか友達みたいに感じてるからさ、何か不安なこととかがあったら遠慮《えんりょ》せずに言ってほしいな。いつでも相談に乗るから」

あからさまに引いている私に対して彼らは「なんかいつもと違《ちが》くない？」と首をかしげるばかり。

驚くようなことではありませんが、イレイヌさんは本物の私よりも明るくて愛嬌《あいきょう》のある子のようです。

三つ目に訪れた国では斯様なことがありました。

「ふへへ……、い、イレイナちゃん……。この前みたいな握手会《あくしゅかい》、またしてくれないかな……」

「うわあ」

引きました。

詳しく事情を聞いたところ、彼らにとってのイレイナとはいわば人を助けて回るだけでは飽《あ》き足《た》らず、歌って踊って握手して、愛嬌振りまく天使のような存在なのだといいます。

もはやその姿は完全無欠《かんぜんむけつ》の美少女ともいえましょう。

彼女を捜し歩いている私からすれば話を聞けば聞くほど存在が怪しく思えてくるほどでした。本当にそんなひと実在しているんですか？

そんなこんなで迎えた四つ目の国。

「うわあ」

私は門をくぐった直後に呆然《ぼうぜん》とすることとなりました。

そこにあったのは人だかり。

「みんなー！　今日はありがとぉー！」

そして中心の少々高めの台の上でくるくる回って踊《おど》りながら愛嬌を振りまいているのは驚くべきことに灰色の髪をさらりと伸ばした美少女。

身に纏っているのは黒のローブ。少々スカートの丈《たけ》が短めで、要所要所《ようしょようしょ》に可愛らしいアクセサリが輝《かがや》いています。

瞳の色は黄緑色《きみどりいろ》。顔立ちは私よりも少しだけ幼《おさな》く、見たところ私よりも小柄《こがら》に見えました。どことなく私と似《に》ているようで、しかしながら目を凝《こ》らしてよく見れば私とは全然違う一人の少女でした。

「今日はこの私、イレイナのコンサートに来てくれてありがとうございますっ！」

なぜだか自身をイレイナと名乗りながら、周りを囲う男女に向けて投げキスを贈《おく》る彼女。

魔法で生み出された小さなハートマークが一つ、彼女に息を吹きかけられて飛んでいきます。彼女の周りにいた誰もが小さな愛情の証しを求めて手を伸ばしました。

風に揺《ゆ》られる花びらのようにハートマークは民衆《みんしゅう》の手と手の間をするりとすり抜け、それから導かれるように最後尾《さいこうび》にいた女性客の手元に落ちました。

「…………」

女性客というか普通に私でした。

私から私に愛情が贈られている……。

「お、おい！　見てみろよ……！」「!!　イレイナちゃんと同じ格好《かっこう》の女がいる……！」「何だって？」

「一体どうなっているんだ……？」

壇上のイレイナもといイレイヌさんから贈られた愛の証しを追っていた客たちは一様《いちよう》に驚き、ざわつき始めます。

それもそのはず。

「ひょっとして、イレイナちゃんの偽者か……？」

彼らにとっては目の前で踊《おど》っているイレイナこそが本物なのですから。

ざわつく人々は、顔を見合わせながら言葉を交わします。

「……そういえば聞いたことがある。イレイナちゃんと似た姿の女が遠くのほうの国で旅をしているのを商人が目撃したことがあるらしい」

――それ私です。

「私も聞いたことがあるわ！　何でも、怪しい商売をして薄汚い金をかき集めているらしいわよ！」

――それも私です。

「何ということだ……！　薄汚い偽者が現れるだなんて！」

――残念ながらそっちが本物なんです。

などと囁いて差し上げたいところなのですけれども、勘違いに染まってしまっている人々の心をときほぐすのは容易《ようい》ではありません。

「お前ら！　捕まえるぞ！」「野放《のばな》しにさせるわけにはいかない！」「私たちでイレイナちゃんの評判《ひょうばん》を守るのよ！」

義憤《ぎふん》に駆《か》られた民衆は立ち上がり、そして偽者を捕まえんと迫ります。

人々が迫り来るさまはまるで雪崩《なだれ》のよう。このまま立ち尽《つ》くしていてもきっとろくな目にはあわないでしょう。

「はあ……仕方《しかた》ありませんね」

私から説得をしたところで納得いただけないことは間違いありません。

であるならば、話を聞いていただけるように環境を整えるまで。私は懐《ふところ》から杖《つえ》を取り出し、彼らへと向けました。

手始めに何人かを縄《なわ》で縛《しば》り上げてあげましょうか――。

そして私が魔力を込め。

直後のことです。

「こらあああああああああああっ！」

大声が民衆と私の間に響き渡りました。

私へと迫っていた民衆の誰もが振り返り、そして私も、その先にいる人物へと目を向けていました。

灰色の髪の魔女――のような姿の偽者さん。

「みんな！　変な勘違いはダメですよ！」

彼女はその場にいた全員に対して可愛らしく頬《ほお》を膨《ふく》らませながら、言いました。「よく考えて？　私の偽者がわざわざ私の前に来るわけないでしょう？　だからその人は偽者じゃなくて、ただのコスプレちゃんですよ！」

コスプレちゃん。

――んなわけないじゃないですか。

私は内心で肩《かた》をすくめました。その程度の言葉で暴走する民衆を納得させることが果たしてできるのでしょうか。

いえいえまさか。

「なるほどコスプレか……」「なんだびっくりしたなぁ」「しかし似てるなぁ……」

普通に納得してました。

馬鹿《ばか》ばっかりですよここ。

「でも嬉《うれ》しいです！　まさか私のコスプレをしてくれる人が現れるなんて！」

やったー！　と子どものように喜《よろこ》びながら、それから偽者ことイレイヌさんは鼻歌交じりに壇上から私の元へと駆け寄ってきました。

そして私の手をとり、

「ありがとうございます！　ほんと私にそっくりですね！」

彼女は至近距離で眩《まぶ》しい笑顔を私に見せてきました。

いえいえ。

「そんなにそっくりですか。いやあ照《て》れますねえ」

「うんっ！　本当にそっくりです！　しかも超可愛いー！　まるで私の方が偽者みたいですよぉ」

「そうですねえ」

にこりと見つめ返す私。

私の振りをして一体何のつもりですか？

「と、ところで話は変わるんですけど、コスプレちゃん」彼女は私から目を逸《そ》らしました。「よ、よければこれから私の家に来ませんか……？」

おやまあ。

「いいんですか？」

「もちろん！　私と話したいこと、たくさんあるでしょう？」

「わかりますか」

「もっちろん！」

そして偽者の私ことイレイヌさんは、えへんと胸を張りながら言うのです。「私は灰の魔女イレイナさんだよ？　女の子の気持ちなんて手に取るようにわかるに決まってるじゃん」

そうなんですか。

「じゃあ今、私が何を考えているのかも当然わかっていますよね？」私は彼女の肩に手を置きなが

らにこりと笑って差し上げました。

逃しませんよ。

「あは、あはははは……コスプレちゃん、近いですよぉ」

「そうですか？　うふふふふ」肩に回した手に力を込める私。

「あはは、はは……ははは……」

乾《かわ》いた笑いを返すイレイヌさん。

その日、こうして同じ顔をした二人は、街のどこかへと消えたといいます。

○

「うわああああああああん！　すみませんでしたあああああああああああああああっ！」

イレイヌさんのお宅《たく》は国の外。

森の中にひっそりと建っていました。

曰《いわ》く『イレイナさんは一匹狼《いっぴきおおかみ》だからきっと国の外に家を構えるはず』との解釈《かいしゃく》のもとそのような生活様式になっているようです。

まあそれは別にどうでもいいんですけど。

「いえいえ。謝罪《しゃざい》をしてほしいんじゃないんですよ。私は事情を説明してほしいんです」

満面《まんめん》の笑みで見下ろす私。そこには布袋《ぬのぶくろ》に詰め込まれたままご自宅の前で横たわっている彼女の姿がありました。

ご自宅前に来たところで急に「あ、あのう、実は今、家が散らかってるので……よければ家の外でお話をしませんかぁ……？」ともじもじしながら乙女《おとめ》のようなことをぬかし始めたので、面倒くさくなった私は彼女をその場で拘束《こうそく》することとしたのです。

どうせ家の外で話す振りをして逃げるつもりでしょう。そうはさせません。

「私、逃げも隠《かく》れもしませんから！　とりあえずこの拘束解いてもらえませんか……？」

「事情を話してくれたら解放してあげます」

「こんな状態じゃあまともに話せませんってば……」

「じゃあ話したくなるようにしてあげましょうか？」手始めに水にでも沈《しず》めたほうがいいのでしょうか。

私は懐に手を突っ込んで杖をちらつかせました。

「うぐぐ……」

こちらを見上げながら何ともいえない表情を浮かべる彼女。

「さ、イレイヌさん。話してください」

「ふぇ？　イレイヌって誰ですか？」

「偽者のことはイレイヌと呼ぶことにしているんです。ややこしいので」

「あのう……ちなみに私の本名はアカナと言うのですけれども……」

「そうなんですか」別に聞いてはいませんけど。

あくまで冷たく接する私。

しかし彼女は瞳を潤《うる》ませながら、こちらを見上げ、言うのです。

「覚えて、いませんか……？　私の名前……」

「……？」

覚えていませんか、と言われましても。

目の前にいる彼女をじっと見つめながら私は記憶を探ります。

私と同じ容姿。けれども中身は別人。おそらく私の名を騙るより前は別の姿だったのでしょうけれども。

「どこかで会いましたっけ、私たち」

「そっか……さすがに覚えてはいませんよね……」

「以前はどんな見た目だったんですか」

「赤い髪で、どこにでもいる、普通の可愛い女の子でした」

「自分で可愛いって言ってる……」

「イレイナさんリスペクトですよぅ」

「張っ倒《たお》しますよあなた」

とりあえず御託《ごたく》はいいので経緯《けいい》を話してください。せっかちな私は彼女の頬を杖でつつきながら話を促《うなが》しました。

私は旅人。

同じ場所に長く居座《いすわ》ることはそうそうありません。にもかかわらず目の前の彼女は私を模倣《もほう》していますーーということはきっと彼女を変えるような大きな出来事があったのでしょう。

「で、何があったんですか」

改めて尋ねる私。

「えへへへ……」

彼女はそれからゆっくりと口を開きます。「えっとですね……大体、半年くらい前のことなんですけれども……」

「はい」

彼女はじっと私を見つめてーー熱っぽい視線を向けながら、言いました。

「忘れられないような運命的な出会いが、あったんですよねぇ……」

「どうでもいいですけど私の顔でその表情するのやめてもらってもいいですか？」

何はともあれ彼女はお話ししました。

「今でも忘れません。あれは当時、まだ私が何も知らないただの娘だった頃の話ーー」

「あとできれば手短にお願いします」

何となく長めの回想になりそうだったので一応釘《くぎ》を刺しておく私。

「そんな！　イレイナさんとの出会いの物語を手短にだなんて！　本一冊ぶんくらいの壮大《そうだい》なスケールでお話しさせてください」

「途中で寝ることになりますけどいいですか」

ともあれ彼女は話を続けました。


今より半年前のこと。

どこにでもいる地味《じみ》な魔法使い、アカナさんは道に迷っておりました。

引《ひ》っ込《こ》み思案《じあん》ゆえに現在通っている魔法学校内でも友達は少なく、そして道に迷った最中に人に尋ねる勇気もなく、彼女は路上で途方《とほう》に暮《く》れました。

行き先は自宅近くに新しくできたパン屋さん。噂には聞いていたもののどこにあるのかさっぱり見当《けんとう》もつかなかったのです。

「ど、どうしよう……」

このまま道を彷徨《さまよ》っていたらお目当ての一日百個限定のパンが売り切れてしまう。ゆえに急がねばなりません。

悩《なや》んだ末《すえ》に彼女は目の前を通りがかった人へと声をかけました。

「あ、あのう――」

助けを求めるように手を伸ばすアカナさん。

「はい？」

その先には灰色の髪の魔法使い――つまるところ私が立っていました。

「……！」曰くアカナさんは私の姿を見たその瞬間《しゅんかん》に驚《おどろ》き、運命を感じたそうです。なぜなら私が
その日、抱えていたのがまさしくお目当てのパンだったのですから。

「どうかしましたか？」

パンをもぐもぐする私。

そのパンが、欲しい――。

しかし行き先がわからない――。

「えっと……」

口下手《くちべた》な彼女はそこで言葉の選択を普通に間違えました。「進路を迷ってて……」

余談ですが彼女はその時本屋さんで参考書を買った直後であり、その姿はまるで卒業後の進路に悩む学生さんに見えなくもありませんでした。

それらの情報を踏《ふ》まえた上でご覧《らん》ください。

「ふっ……私も昔はそんなふうに悩んだこともありましたね――でも大丈夫。思うままに進んでみてください。きっとその先に、道は開けていますから」

悲しい現実。

パン屋への行き先を聞いただけでしたり顔を浮かべながら人生を語る馬鹿な魔女が誕生《たんじょう》していました。

「思うままに、進む……」

そして通りすがりの魔女による何の役にも立たないアドバイスにいたく感銘《かんめい》を受けるアカナさんでした。

「――ということがあって、私はイレイナさんに憧《あこが》れたんです」

しみじみとしながら語るイレイヌさん。

なるほどなるほど。

「……今のエピソードのどこに私に憧れを抱くポイントがあったんですか」

本一冊ぶんの壮大なスケールとは一体？

首をかしげる私に対してイレイヌさんは言いました。

「いや憧れっていうか普通に顔が好みだったんですよね」

「じゃあ今のエピソード丸々いらないじゃないですか」

何なんですか。

「それでそのあとイレイナさんの後をつけたんですよ」

「さらりととんでもないこと言ってる……」

「大体二週間くらいずっとイレイナさんの背後《はいご》についてました。イレイナさんの言動《げんどう》から性格《せいかく》まで全部お勉強させてもらいました」

「普通にヤバい人じゃないですか……」

「そして気がついたらこうなってました」

「大事なところが抜けている……」

そもそも何で私の真似事《まねごと》をしようと思ったのですか。

「憧れの人と近い存在になるために最も大事なこと……それは憧れの人と同じになることだと思っ

たんです……」

「超ヤバい人じゃないですか……」

やりたいようにやれというニュアンスのことは言ったような気はしますけれども犯罪行為《はんざいこうい》を推奨《すいしょう》した覚えはないんですけど……。

「不思議《ふしぎ》とイレイナさんの姿でいる間は何でもできるんですよねぇ……何ででしょう」

「恥《は》ずかしいことをしても視線があなたではなく私に向くからでしょう」

「そして今ではイレイナさんの素晴らしさを世に広めるために、イレイナさんの見た目を真似した上で色々な活動を頑張《がんば》っているんです！」

むふん！　と得意《とくい》げな表情を浮かべるイレイヌさん。

つまるところ、彼女が行っている慈善活動《じぜんかつどう》の数々は、罠《わな》でも悪巧《わるだく》みでもなく、単なる善意によるもの、ということだったのでしょう。

「そうですか……」

褒めてほしそうな表情でしたが私は無視をしました。「私の真似をするに至った経緯《けいい》は何となくわかりましたけれども、でも、許可なく勝手にそのようなことをされては困《こま》りますね」

私の旅路は決して健全《けんぜん》とは言い難《がた》く、たとえば今回のような偽者が現れた際もまず最初に疑《うたが》うのは私に対して恨《うら》みを抱いた者による犯行。

蓋《ふた》を開けてみればただ私に憧れを抱いただけの女の子のお遊びだったようですけれども――。

警戒《けいかい》をして損《そん》しました。

それに、大きな声では言いにくいものですけれども、私は旅の最中に裏で色々と怪しいこともしているのです。

「できればしばらく私の真似は控《ひか》えてもらえません？」

私の真似をしたせいで変な連中から目をつけられては諸々《もろもろ》と面倒でしょう。

ですから私は少々迷惑《めいわく》そうな表情を浮かべながらも、彼女の身を案じてそのように提言《ていげん》して差し上げたのです。

「それはちょっと無理かもですね！」

即答《そくとう》されました。

「それはなぜ」彼女の頬を杖でぺちんと叩《たた》きながら尋ねる私。

偽者のくせに本物に口答えするとは何事ですか。

「実は今ちょっとややこしいことになってるんですよぅ」

「ややこしいこと」

とは？

「実は私、大体三ヶ月くらい前からイレイナさんのロールプレイを始めたんですけど」

「はい」

「なんかここ数日、急に色々なところから脅迫《きょうはく》を受け始めましてぇ」

「はい……はい？」

脅迫？

どういうことですか、と続きを促す私。イレイヌさんは「むぅ……」と小さなお口をもにょもにょとさせながら、事情を話してくれました。

それはおおよそ三日ほど前のことだといいます。

「なんか、どこかの商人さんが私――というかイレイナさんに騙《だま》されたとか言って騒《さわ》いでるらしいんです」

「…………」

「何か裏社会の怖《こわ》い魔法使いを何人も雇《やと》って、私を捜《さが》し回っているみたいです。幸《さいわ》い、まだ遭遇《そうぐう》したことはないんですけど……」

「…………」

以降はイレイヌさんが街の住民たちから聞いたお話。

三日ほど前から現れた怪しい男たち。商人一名と、裏社会で雇われた手練《てだ》れの魔法使い三名からなる者たちが、私の顔を描いた紙幣を見せながら「こいつに見覚えはないか」と尋ねて回っているそうな。

幸《さいわ》いにもこの辺りの国の人々は私――というよりイレイヌさんに対して多大な恩《おん》があるうえ心の底《そこ》から愛してやまないため、居場所を教えるようなことはありませんでした。

むしろそれとなく情報収集をしてくれるほどの有能ぶり。街の住民が尋ねたところ、曰く商人たちは「絶対に儲けられる話があると言われて彼女の商品を買ったが、大量の負債《ふさい》を抱えることになった。魔女イレイナに責任をとってもらう」と憤慨《ふんがい》しているそうです。

「何か、その商人さんたち、魔法紙幣？　っていうやつをイレイナさんから買ったらしいんですけど、大赤字《おおあかじ》を抱えて大変なことになってるみたいなんですよぅ」

「…………」

「魔法紙幣に重大な欠点《けってん》があるのに、それを黙って売りやがった。詐欺《さぎ》だ！　みたいなふうに怒《おこ》ってるみたいです。でも変な話ですよね？　イレイナさんがそんな怪しい商売をするわけないのに」

「…………」

「イレイナさん？　何で目を逸《そ》らすんですか」

「いえべつに」

魔法紙幣にある重大な欠点。

一体何のことでしょう？

私は目を逸らしつつ、現実逃避《げんじつとうひ》するついでに一週間前の出来事を思い出しておりました。

それはちょうど私が商人さんたちに対して魔法紙幣を大量に売りつけた直後のこと。

「なあ魔女さん、これよぉ、本当に儲かるんだろうな？」

商人の一人が私に尋ねました。どうやら他のお仲間と違い、少々疑《うたぐ》り深い性格なのかもしれません。彼はそれから、

「絶対に儲かるならあんたがこれを売ればいいんじゃねえのか？」と私を見つめながら語りました。

なかなか鋭《するど》い指摘ですね。

しかし私のほうが一枚上手《いちまいうわて》。このような質問に対する返答もしっかり考えてあります。

「もちろんその通りです。しかし私には商人であるあなた方とは異なり潤沢《じゅんたく》な在庫を抱えてはいないのです。ですから商売繁盛《しょうばいはんじょう》のアイデアと道具だけを売っているのです」

実際、魔法紙幣を扱《あつか》うためには、売買できる商品が必要不可欠です。ただの流れ者である私が直接扱うのは少々無理があるのです。

「なるほどなぁ……」

頷く商人さんの表情は納得と疑念《ぎねん》が半々といったところ。

うまい話には裏があるもの。商人である彼もまたその法則をよくご存じなのでしょう。

「大丈夫ですよ。安心してください」ゆえに私は彼の背中を押して差し上げることとしました。「私が作った魔法紙幣を使えば大儲けは間違いなし。騙されたと思って使ってみてください。誰でも儲かりますから」

「うーん……。本当かぁ？　裏はないんだろうな？」

「もちろんです」

「もしも俺たちが不利益を被《こうむ》るようなことがあったら、責任をとってもらうが、いいな？」

「いいですよー。ま、そんなことにはならないと思いますけどね」

「そうか……よし！　じゃあ魔女さんを信頼して大量に買っちまうかな」

「毎度ありー」

こうしてまた一人、私の魔法紙幣を商人さんが買い取りました。いやはや、その辺の紙切れに魔法を付与しただけでこうも儲けてしまうとは。

私はどうやら商売の才能に満ちているようです。

などとご満悦《まんえつ》の私。

対して疑《うたが》り深い商人さんは、じとりと見つめながら、再び口を開きます。

「――ところで魔女さん。一応言っておきたいんだが、俺はただの商人じゃあねえんだ」

「？　そうなんですか？」

それが何か？

「こう見えても俺は裏社会にも繋《つな》がりがあってな、基本的に売買している商品も表向きには扱いづらい物が多いんだ」

「はあ」

それが何か？　と首をかしげる私。

「今回はあんたの言葉を信頼して魔法紙幣を買ってやるが、もしも魔法紙幣を扱うことで不利益を被《こうむ》るようなことがあったら……その時はどうなるか、わかるよな？」

唐突《とうとつ》に真面目なトーンで語りかけてくる商人さん。

商人側に問題が生じたときは責任をとってもらう。そう言いたいのでしょう。

「あー大丈夫ですよー。うちの商品は安心安全ですー」

対して私は非常に軽い口調で受け流しつつ魔法紙幣をはいどうぞと手渡していました。この時の私は自身が商売の才能に満ち満ちていると信じて疑っていなかったため、商人さんたちを札束でひっぱたくような気持ちでぽいぽいと手渡して回っていました。

こうして私は少々怪しい言動をする商人をも受け流し、商売を大成功に収めたのです。

そうして大満足ののちに国を離れたあとのこと。

「……あ」

私はひとつ大事なことを言い忘れていたことに気づきました。

実はこの魔法紙幣、賢《かしこ》い顧客が一人現れるだけで大損《おおぞん》してしまう恐《おそ》ろしい仕組みとなっているのです。

魔法紙幣は初回のみ銀貨三枚ぶん得をします。おそらく多くの顧客は自分のための紙幣を一枚買って、それを運用するようになるでしょう。

しかし、もしも、顧客の一人が不特定多数に成り済まし、大量に魔法紙幣と銀貨を交換すれば――仮に魔法紙幣を十枚交換すれば銀貨三十枚ぶん。百枚交換すれば銀貨三百枚ぶん。それだけ得をしてしまうのです。

ですから一人につき交換できる魔法紙幣は一枚だけ、という縛《しば》りを付け加えなければ大変なことになるのですが、うっかり言い忘れていたのです。

しかし気づいたときには既《すで》に私は国の外。

戻るのも億劫《おっくう》というもの。

「ま、でも嘘《うそ》は言ってないですし別にいいですね」

賢い顧客がいれば顧客側もお金儲けができる仕組み。ある意味、誰でも儲かるという言葉の通りの商品ともいえましょう。

そもそも魔法紙幣を売っただけで「俺は裏社会に関わりがあるんだぜ……へへ」みたいな言葉で脅してくるような商人ともう関わりたくありませんでしたし、私はそのまま国を離れることと相なったのです。

仮に後からバレても国を離れてさえいれば追ってこないだろうと思っていたのです。

「――というわけでしてぇ、イレイナさんを追っている人たちがいるせいで、あちこちの国の人から心配されてて、なかなか姿を消しづらいんですよぅ」

姿を消せば商人たちに攫《さら》われたとして騒ぎになりかねないため、迂闊《うかつ》に隠れることもできないのでしょう。

なるほどなるほど。

「こういうとき、本物のイレイナさんだったらどうしますかぁ……?」

上目遣《うわめづか》いで可愛らしく尋ねてくるイレイヌさん。私はそんなあざとい表情はしませんけど、と指摘をしたくなる気持ちを抑えつつ、私はため息で返します。

厄介《やっかい》な連中に追われている。

ならばやるべきことは一つでしょう。

「私であれば彼らと直接戦いますね」涼《すず》しい顔で私は言いました。

「おお……! さすが本物のイレイナしゃん……超かっこいい……」

「そうでしょうとも」

それからついでにイレイヌさんにかけた拘束を解いて差し上げました。

ややこしい事態ゆえ、彼女を詰めるのは後回しです。「よければ私たち二人で商人たちを捜してみませんか？　身の危険を感じながら人助けを続けるのは大変でしょう」

「えっ……！　い、いいんですかぁ……？」

彼女は拘束が解かれた途端《とたん》に立ち上がり、子犬のように私の方へと迫りました。「ほ、本物のイレイナさんと行動を共にできるなんて……！　ゆ、夢みたいですぅ！」

「ふふふふふ。光栄に思ってください」

ひとまず彼女には引き続き私の振りをしておいてもらいましょう。情報の撹乱《かくらん》になるかもしれませんし。

「ところでイレイナさん。お一つ聞いてもいいですかぁ？」

「どうかしましたか」

「一応聞いておきたいんですけど」

「はい」

「詐欺とか……本当にやってないですよね？」

「さあ行きましょうイレイヌさん。善は急げです」

「え？　いや、あの」

「はやく」

こうして私たちは、街をうろつく危ない商人とその仲間たちを捕まえるために動き出したのです。

「本当にやってないですよね？」

「急ぎますよ」

「い、イレイナさぁん！　待ってくださいよぅ……！」

都合《つごう》の悪いことから目を逸らしつつ、動き出したのです。

○

こうして商人さんたちが私を捜し、そして同時に私たちが商人を捜すという奇妙《きみょう》な状況が出来上がりました。

「すみませぇん、ちょっとお話を伺《うかが》ってもいいですかぁ？」

街の人に尋ねるイレイヌさん。

「私たちを捜している商人についてお聞きしたいのですけれども」

そしてすぐ隣で同じく尋ねる私。

灰の魔女イレイナが二人並んでいる光景はとてもとても奇妙そのもの。

声をかけられた街の人々は一様に驚いておりました。

「わあイレイナちゃんが二人もいる！」「一体どういうことだ？」「わからん！　でもまあ可愛いからいっか！」『そうね！』『むしろ二倍でお得だ！』

二人いる理由については「今なんか魔法で二人に増えてるんですよぅ」とイレイヌさんが説明しました。

この程度の適当な説明でご納得いただけるものなのでしょうか？

「すげぇ！」

納得してました。

まあ細かいことはさておき、こうして私たちは聞き込み調査を開始したのです。

「ふむ」

これはイレイヌさんが普段どのようにして私の振りをしているのかを間近《まぢか》で観察できるいい機会ともいえます。

周辺諸国の人々に愛される偽者のイレイナ。

一体彼女はどのようにして人々と関わり合っているのでしょう？

私はその一部始終《いちぶしじゅう》を目撃するに至りました。

「——おにーさぁん、私ぃ、実はいまちょっと困っててぇ……」

とある国にてイレイヌさんは通りすがりの男性の手をぎゅっと握りながら上目遣い。

「——商人さんについて何か知ってること、ないですかぁ……？」

別の国では年下の男の子をじっと見つめながら微笑《ほほえ》みかけ。

「——お姉さんに、教えてほしいなぁ……」

またさらに別の国では通りすがりの女性に対して色っぽく囁きました。

いずれの国においても彼女の様子《ようす》はどこからどうみてもただの怪しい魔法使いにしか見えなかったものですが、しかし周辺諸国の人々からすれば彼女は有名人のようなものなのでしょう。

「い、イレイナさん……っ！」

彼ら彼女らはイレイヌさんの一声であっさり陥落《かんらく》して情報をくれました。

あまりにもちょろい。

「商人については何も知らないですね……」

そしてあまりにも使えない……。

誰も何も知らなかったのです。

当然ながら聞き込み調査ですから、私もイレイヌさんと同じく人々に声をかけ続けました。

あるときは男性に対して「何か知らないですか」と尋ね。

「おっと？　さては君のほうが偽者だね？　おじさん、そういうのわかっちゃうんだよねぇ。何ていうのかな、いつもと声のトーンが違うでしょ？」

…………。

またあるときは通りすがりの女性に対して尋ね。

「！　目つきがいやらしい……！　あなた、さては偽者でしょ！」

…………。

そして何か色々と面倒くさくなったのでその辺の喫茶店《きっさてん》でサボり始めました。

「まあ別に私が頑張らなくともいいですね」

ぼんやり座りながら路上を眺める私。視線の先では偽者の私が相変わらず人だかりの中で「おねがぁい」と甘えた声を上げておりました。

きっとそのうち彼女が有益な情報を摑《つか》んで戻ってくることでしょう。彼女が活躍してくれることを信じて私はその場でコーヒーをごくごくいたしました。

「そこのあなた。さては今、ちょっと悩《なや》んでいるわね？」

「わあ何か現れた」

驚きました。

謎の女性がいつの間にやら目の前に座り、訳知り顔でこちらを眺めていたのです。

どなたですか。

「私が何者であるかは大きな問題ではないわ」

「いや一番大事な問題だと思いますけど」

「いいでしょう。そんなに知りたいのであれば答えてあげる。私はイレイナちゃんを後方で見守る者……」

「後方で見守る者……？」

「彼女に悪い虫がつかないように毎日のように彼女のおはようからおやすみまでを観察する者たちのことを指す言葉よ。仲間同士で毎日交代で見守ってるの」

「それって要するにストーカーでは――」

「お黙り！」

怒《おこ》られました。

何なんですか本当に。

「先ほどから街の人々に対するあなたの聞き込みの態度……見せてもらったわ。あなた、さてはイレイナちゃんのファンね？　イレイナちゃんに成り済ますことで注目を集めようとしている……そうでしょう？」

いや成り済ましているのはあちらの方なのですけれども。

「私と彼女の関係性はご存じなのではないのですか？」

おはようからおやすみまで観察しているなら少なくとも私と彼女が邂逅《かいこう》した場面からずっといたということですよね？

「ふっ……。私があなたたちの会話を聞いたのではないか、と言いたいのね？　大丈夫。それなら問題なしだわ！」

「聞いてないんですか」

「相手のプライバシーを尊重《そんちょう》する……それがイレイナちゃんを後方で見守る者の役目なの……」

「後方から監視してる時点でプライバシーの尊重云々《うんぬん》以前の問題では――」

「お黙り！」

また怒られました。

ほんと何なんですか。

「ともかくあなたは彼女のファン。そうでしょう？　私にはわかるわよ」

ふっ、と上から目線でこちらを見つめる訳知り顔の女性。

事情を説明するのも面倒だったので私は黙りました。彼女からしてみれば痛いところをつかれて黙り込んだように見えたのかもしれません。

「図星《ずぼし》、みたいね――」

何だかとても腹が立つ表情を浮かべていました。「イレイナちゃんはご覧の通り街の人々に愛されている。しかし今のあなたの周りには人がいない。この違い、わかる？」

「媚《こ》びているかどうかの違いじゃないですか」

「ノー！」

くわっ、と目を見開く訳知り顔の女性。

彼女はそれからはっきりと言いました。

「いいこと？　人間関係とは人を映し出す鏡《かがみ》なの。まともな人間の周りにはまともな人間が集まり、ちょっとおかしな人間の周りにはおかしな人間が集まるものなのよ。類は友を呼ぶ。同じ考え、言葉を持つ者同士は惹《ひ》かれ合うの」

「その理論でいうと私とあなたも同類《どうるい》ということになるのですけれども」

「同類よ」

「絶対に違うと思いますけど……」

呆《あき》れる私。

すると彼女は私の肩に手を置きながら、言いました。

「同類よ」

「ほんと何なんですかあなた……」

しかしながら彼女のお話も一理あるのかもしれません――私の見た目を模倣することができるイレイヌさん。

他人に成り済ますことができるということは、本来の彼女とイレイナという二つの顔を同時に持つことができているということになります。

性格の切り替えがうまく、自身を偽《いつわ》ることができる彼女だからこそ、こうも街の人々を惹きつけるのでしょう。

「ふっ、気づいたようね」

訳知り顔の女性は満足げな表情を浮かべながら言いました。「もう心配ないわね。今のあなたなら、本物のイレイナちゃんのような女性になることができるはずよ」

いやまあ私が本物なのですけれども。

「どうも」

とりあえずもう話すこともないので礼でも言っておく私でした。

「ふっ――別に私は何もしてないわ」あからさまに一仕事終えたみたいな表情を浮かべながら訳知り顔の女性は髪をなびかせました。「〝高み〟で待ってるわよ――」

彼女はそして意味深なセリフを残しながら消えました。

「一つ言い忘れてたわ」と思ったら戻ってきました。「よければあなたもイレイナちゃんを見守る会の一員にならない？　おはようからおやすみまでイレイナちゃんと一緒《いっしょ》になれるわよ」

「とっとと行ってください」

手で払う私。

「ふっ。さよならは言わないわ。きっとまた会うから、ね――」

彼女は再び意味深なセリフと共に消えました。

「イレイナさぁああああん！」

入れ違いのようにイレイヌさんが戻ってきたのはその時。

手を振りながら走るさまは投げたボールを拾《ひろ》ってきた子犬のよう。

「何かいい情報はありましたか？」

期待を込めつつ私は尋ねます。

「はいっ！」

すると彼女はにこりと笑ったのち。

答えます。

「まったくありませんでした！」

…………。

「紛《まぎ》らわしいんですけど……」

「イレイナさんとお話できると思ったら興奮《こうふん》しちゃって……」

「はあ……」

目撃情報が集まれば最適《さいてき》だったのですが、聞いたところどうやら直近《ちょっきん》で商人たちとお会いした方はいらっしゃらないそうです。

一体彼らはどこに行ったのでしょう？

むむむと考え込む私。

「いっそのこと彼らを待ち伏せでもしましょうか」

どちらも相手を捜しているせいですれ違いになっているのかもしれません——できるならばこちらから先手を打ちたかったものですが、出会うことができないのであれば致し方ありません。

「待ち伏せっていっても、どこでするんですかぁ？」

きょとんとするイレイヌさん。

「そうですね——」街で待っていてもいいですけれども、騒ぎを起こすと住民にも迷惑ですし、色々とややこしい状況になりかねません。

となると最適な場所は一つでしょう。

「あなたの家とかどうですか」

おそらくそれが最適解。

ですが彼女は露骨《ろこつ》に嫌《いや》そうな顔をいたしました。

「えええええええ!?　さすがにイレイナさんの頼みでもそれはちょっと」

「なぜです？」

先ほども家に私を入れるのを拒《こば》んでおりましたけれども。

何か理由でもあるのでしょうか。

「イレイナさん。乙女には人には知られてはならないような秘密が多いんですよ」

「私をストーキングしていた人間の言葉とは思えないですね……」

「それに、私の家の場所はイレイナさん以外にはまだ誰にも知られていませんし、このままミステリアスな感じでいきたいんですよ」

「？」

私は小首《こくび》をかしげていました。

まだ誰にも知られていない、い、い、いない？

それは少しおかしな話ですね。

「ちょっと待っててくださいね」

私はイレイヌさんをその場に留めたまま、後方にとことこ歩いていきました。

そして数秒後。

物陰《ものかげ》に隠れていた訳知り顔の女性を捕獲したのち戻りました。

「早速《さっそく》また会ったわね――」

無駄《むだ》にしたり顔を浮かべながら髪をなびかせる訳知り顔の女性。

「イレイナさん誰ですかその女」

「あなたのおはようからおやすみまでを監視している人です」

「？？？？？？？？」

何ですかそれと言いたげな表情で首をかしげるイレイヌさん。

心優しい私は訳知り顔の女性の素性《すじょう》をご紹介して差し上げました。

かくかくしかじか。

「ええっ！　私のストーカーじゃないですか！　きもっ！」

「よくそのセリフ吐《は》けましたね」

あなただって私のストーキングしてたじゃないですか。

「やっぱイレイナさんの外見ってそういう感じのひとを寄せつけやすいんですかねぇ」

「私が悪いみたいなふうに言うのやめてください」

どう考えても勝手《かって》に寄ってくるほうが悪いに決まっていますでしょうに。

というかそういう話がしたいのではなく。

「あなたが今住んでいる家、彼女とそのお仲間にバレてますよ。……ですよね？」

訳知り顔の女性にお話を促す私。

彼女は無駄にしたり顔を浮かべたのちに髪をなびかせました。

「知らない、といえば嘘になるわね――」

「ご存じだそうです」

おそらくはイレイナちゃんを見守る会だか何だかに所属している者たちからすれば、イレイヌさんの家の所在などそらんじて言えるほど当たり前の情報に違いありません。

「既にご自宅の場所は周知《しゅうち》されているみたいですし、商人たちに教えてもらうように仕組んでしまってもいいのでは？」

簡単に提案する私。

「うう……それはちょっと……」

あからさまに渋《しぶ》るイレイヌさん。

「ちなみに私の仲間が今日、あなたたちが捜している商人と会ったそうよ」

そして横から、訳知り顔の女性はさらりと大事なことを言いました。「イレイナちゃんの顔が描かれた紙幣と交換で教えてあげたと言っていたわ」

………。

私とイレイヌさんの二人が彼女を睨《にら》みました。

それって要するに既に商人たちに家の場所が知られているということですか？

ならば既に彼らはイレイヌさんの家に向かっている可能性が高いということではないでしょうか。

つまり私たちと商人は入れ違いになってしまった可能性が高く、さらに簡潔に言えば街で人捜しをしていたこれまでの流れがまるまる無駄だったということでもあります。とっくに私たちを待ち伏せしている人間を捜していたのですから。

「何でそういう大事なこと黙ってるんですか」というわけで頬を膨らませる私。

「相手のプライバシーを尊重する……それが私たちという存在なの……」

なるほどなるほど。

「犯罪者同士でシンパシー感じたってことですか」

「お黙り！」

何はともあれ私とイレイヌさんは二人で彼女の家へと戻ることに決めたのです。

「ど、どうしよう……どうしよう……マズイよぉ……」

あわあわとするイレイヌさんと共に、戻ることへと決めたのです。

はてさて彼女は一体なぜ焦《あせ》っているのでしょう？　たしか私が家に入ろうとしたときも拒んでいた気がしますけれども――。

「家の中に何があるんですか？」

尋ねる私。

彼女は答えました。

「人には見せられないものが……たくさんあります……」

○

「ここが奴の家だな……？」

商人が灰の魔女イレイナの家――として街の人間から聞き出したのは、森の中にある小さな一軒家《いっけんや》でした。

武器を抱《かか》えた商人一名。

そして杖を手にした裏社会の魔法使いの女性たち。

彼らは辺りを警戒しながら扉の前に立ちました。

「……準備はいいか？」

仲間たちに合図《あいず》を向けるのは商人。「いいかお前たち。なるべく身体に傷《きず》はつけるなよ」

魔女のせいで抱えた大損害を彼女自身に補填《ほてん》させるために、商人は彼女を捕まえる算段《さんだん》でいました。

相手は魔女。

しかし杖を持っていなければただの人。

「一瞬《いっしゅん》で決着をつける。いいな？」

つまり魔女の隙《すき》をつくことが何よりも重要なのです。

ほどなくして中の様子を窺《うかが》ってきた魔法使いの一人が戻ってきました。

「ターゲットは現在、居間《いま》で座ってリラックスしています」

それはつまり魔女の隙《すき》をつく最大の好機《こうき》といえました。

「よし」

相手が油断している今。

商人は魔法使いたちと顔を見合わせ、

「突入だ――」

そして家の扉《とびら》を蹴破《けやぶ》り、魔法使いたちと共になだれ込みました。

まずは魔法使いたちが杖を振り、部屋一帯を煙《けむり》まみれにいたしました。室内にいる魔女はここでようやく敵が攻め込んできたことに気づく頃でしょう――しかし既にすべてが手遅れ。彼女たちは居間で座っていた魔女を手際《てぎわ》よく取り囲むと、杖をふるい、軽く電撃を浴びせました。

身体を麻痺《まひ》させたあとは魔法で手枷《てかせ》と足枷《あしかせ》を嵌《は》め、その上で余計な言葉を喋《しゃべ》れないように、頭に布袋を被《かぶ》せます。

すべて計画通り。

「流石《さすが》だな……」

あまりにも鮮《あざ》やかな流れに商人は感服《かんぷく》しました。煙幕《えんまく》が晴れてゆく中、布袋を被せられた黒いローブの魔女が俯《うつむ》いています。

「魔女といえど我々の手にかかればこの程度だ。敵に回す相手を間違えたようだな」

後悔するがいい——。

商人は魔女の肩に手を置きました。

「……？」

置いた直後に商人は首をかしげました。

——なんか、この娘の肩、めちゃくちゃ硬いな……。

軽く力を込めてみても女性らしい肌《はだ》の柔《やわ》らかさは皆無《かいむ》。まるで木でできているかのようでした。

一体どういうことでしょうか？

「え……？」「な、何この部屋……！」「この魔女、一体何者……？」

雇われた魔法使いたちが困惑した声を上げ始めたのはその時のことでした。自《みずか》らの頭に浮かんだ疑問が晴れないままに商人は彼女たちの方へと視線を向けます。

「お前たち。急にどうし——」

口から出かけていた言葉は途端に止まります。

雇われた魔法使いたちが見つめているのは、居間の壁。

そこには大量の写真がありました。

喫茶店でひとり読書しているイレイナさん。路上をのんびり歩いているイレイナさん。ほうきで空を飛んでいるイレイナさん。広場でパンをもさしているイレイナさん。お花を眺めてにっこりしているイレイナさん。路上に転がった硬貨《こうか》を拾って「あらあら今日は運がいいですね」とニヤニヤしているイレイナさん。イレイナさん。イレイナさん。イレイナさん。一面をイレイナさんが覆《おお》い尽くしておりました。

「な、何だこれは――一体どういうことだ！」

それはまるでイレイナさんに対してひどく執着《しゅうちゃく》しているストーカーの部屋かのよう。

そして灰の魔女イレイナ本人の部屋としてはあまりにも不適切な光景。

「……まさか」

たった今捕まえた人間がイレイナ本人ならば、写真など並べる必要がないはず――悪い予感がよぎった直後、商人は頭に被せられた布袋を剝《は》ぎ取りました。

同時に驚きました。

「に、人形だとぉ！」

中から現れたのは、身に纏う服から表情まで綺麗に作られた木製人形。

触った感触が硬いのも、電撃を浴びて身動き一つとらなかったのも、結局は最初から彼女が人でも何でもなかったからなのです。

「馬鹿な……！　私たちの突入を予見していたというの？」「ありえない……！」

魔法使いたちの間に動揺《どうよう》が広がりました。

「ここに本人がいないなら、灰の魔女イレイナは一体どこ……？」

やがて誰かが口を開きます。

その疑問の答えは、森の向こうから飛んできました。

「いやあああああああああああああああああああああっ！」

ほうきに乗ったまま。凄《すさ》まじい速度で。一人の魔女――の格好《かっこう》をした少女が、それから森の一軒家へと突っ込みました。

商人たちは、後にこの時の出来事を「まるで岩が空から降ってきたかのようだった」と語ることとなりました。

実際のところ、後からのんびりほうきで訪れた私も概《おおむ》ね同じような感想を抱きました。イレイヌさんのお宅は屋根《やね》が崩れて壁もほぼ半分が崩壊《ほうかい》。

家の中はほとんど瓦礫《がれき》で埋め尽くされて酷《ひど》い有様《ありさま》でした。

「何があったんですかこれ」

商人さんたちはいずこに？　というかなにゆえ家を破壊したのです？

私は瓦礫の前にしゃがみながら尋ねます。

「何でもないですっ！」

はわはわと慌《あわ》てながら、かろうじて残っていた壁に貼《は》られていた紙の数々を剝《は》がして回るイレイヌさん。

それはまるで見られてはならないやましいものを必死に隠す子どものようにも見えました。

はて一体何を隠しているのでしょう？　と私が目を細めた直後のことでした。

「あれ？」

ひらひらと空から一枚の紙切れが舞い降りて、私の手元に落ちました。

おそらくはイレイヌさんが家を破壊した衝撃《しょうげき》で空に昇ったものが降りてきたのでしょう。

「何ですかこれ」

驚きました。

そこにあったのは私がはて？　と首をかしげている一枚の写真だったのです。

明らかに隠し撮りされたお写真だったのです。

「イレイヌさん、これって――」

「いやああああああああああああっ！」

絶叫《ぜっきょう》しながら私の元へと迫るイレイヌさん。「ち、ちちちちちちちち違います！　誤解なんですよぅ！」

「はあ……」

深いため息をつく私。

彼女は泣きながら私にすがりつきました。

「ああああああ！　嫌いにならないでくださいいいいいいいっ！」

「いや、まあ……、写真くらいだったら別に引かないので……大丈夫ですよ。はははは」

「既に表情が無になりかかってるじゃないですか！　引いてるじゃないですか！」

「まあでもこれ以上はないと思いますから。大丈夫ですよ」

それよりも今は商人さんを捜すべきでしょう。私を追っていた彼は一体今どちらに？

辺りを見回す私。

「くっ……、なんて女だ……！　いきなり攻撃してくるなんて……！」

普通に出てきました。

瓦礫の下から。

――私とまったく同じ衣装を身に纏った木製人形を抱きしめながら。

…………。

「気持ちわる……」

「いやあああああああああああああああっ！」

写真だけじゃなく人形まで用意していたんですか？　しかもお人形の両手両足には枷が嵌められ、なぜだか服が少しはだけている始末《しまつ》。

「あなた私に対して何をしようとしていたんですか……？」

すすす、とイレイヌさんから距離を置く私。

「違うんです！　手錠とかは私がやったわけじゃないんです！　本当なんです！　嫌いにならない

でください！」

「近づかないでもらっていいですか？」

「いやああああああああああああああっ！」

彼女は断末魔《だんまつま》の叫びをあげた末にその場で倒れました。

私に拒絶《きょぜつ》されたことがよほどショックだったのでしょうか。あるいは家を半壊《はんかい》させるほどの衝撃で突っ込んだ際のダメージが後からやってきたのかもしれません。

どちらにせよ、事件現場はこうしてようやく静かになりました。

「ふっ……」

そして静寂《せいじゃく》が舞い降りた途端、瓦礫の上で商人さんは笑います。諦《あきら》めたような、何か悟《さと》り切ったような、ため息にも似た笑み。

彼はそれから私を見つめながら、言うのです。

「最初からすべてお見通しだったってわけか……さすがだな、灰の魔女」

「え？　いや何の話ですか？」

壊れた家の前。

はて？　と手に持った写真と同じように不思議そうな表情を浮かべる美しい魔女が一人おりました。

それは一体誰でしょう？

そう、本物の私です。

○

商人さんたちの証言《しょうげん》により、イレイヌさんが家を破壊する前の出来事から今に至るまでの情報が補完《ほかん》されました。

どうやら本当に木製人形の手足に嵌められた枷は雇われた魔法使いたちが用意したものであったようです。

一安心ですね。

「いやでもそれって結局私の人形を家に飾《かざ》っていた事実は変わらないのでは……？」

じゃあ全然一安心じゃないですね……。

イレイヌさん自ら破壊した家を元通りにして差し上げたあとで、私は改めて木製人形を眺めて普通に引きました。

憧れるのは勝手ですが、私の姿を極端《きょくたん》に真似たり、人形を置かれたりするのは普通に恐怖です。できればやめていただけると助かるのですけれども——私は恐る恐る彼女に尋ねてみました。尋ねながらもきっとやめることはないのだろうなと感じていました。

「イレイナさんって、すごく危《あぶ》ない世界を生きてるんですね……」

だからこそ彼女の返答には少しだけ驚いたものです。「私、ちょっと覚悟《かくご》が足りなかったかもです……」

言いながら彼女が見つめるのは、元通りになったお部屋の居間。

椅子《いす》に座った木製の私。

もしも仮に、座っていたのがイレイヌさんだったならば。

きっと今頃、彼女は商人に攫《さら》われ、どこか遠い国へと運び込まれていたかもしれません。

「………………」

人形が身代わりとなってくれたのは幸いでした。「ま、私の周囲はこのように危険が満ちているのですよ」

だからこそ私には灰の魔女という名があり、そしてその名に相応《ふさわ》しい力を携《たずさ》えているのです。

旅路はいいことばかりではありません。私という旅人はただ一人であり、旅路に蔓延《はびこ》る危険も、私一人で払い除けるべきなのです。

その力がないのであれば、私は灰の魔女イレイナを名乗るべきではないでしょう。

「今はあなたの周りにはいい人ばかりが集まっているかもしれませんけれど——これからはこんなふうに危ない人も出てくるかもしれませんよ」

人の注目を集めるということは、よい評判も悪評《あくひょう》も背負《せお》うということに他ならないのです。

「そですね……」

こくりと頷《うなず》くイレイヌさん。「今後のことは、ちょっと改めて考えます……」

「そうですね」

頷く私。

今度こそ一安心ですね。

彼女はそれから、黒の三角帽子を脱いでから。

とてもとても当たり前のことを、ぽつりとこぼしました。

「私なんかじゃ、イレイナさんにはなれませんね――」

こうして、灰の魔女イレイナを偽る少女は、ただの人へと戻ったのです。


そして翌日《よくじつ》のこと。

「昨日《きのう》ぶりです！」

とある国でぼんやり過ごしていた私の目の前に一人の少女が突然現れました。

髪は灰色のショートカット、瞳は桜色。身に纏うのは瞳と同じく桜色のローブと三角帽子。

どことなく私に似ていて、けれど見れば見るほど全然違う姿の少女。

そこにいたのは先日まで私の名を騙っていた彼女だったのです。

「随分《ずいぶん》と雰囲気が変わりましたね」

瞳の色や顔立ちが元々異なっていたことも起因《きいん》して、髪型とローブを変えた彼女の姿は既に別人そのもの。

私の名を使ったところで同一人物と勘違いされることはまずないでしょう。

「昨日、あれから考えてみたんですけど……」

私の振りをすればそれだけ危険人物も寄ってくるもの。

その事実に気づいた彼女は、ひとつ対策をとったようです。

曰く。

「——今後はイレイナさんの後輩《こうはい》のアカナとして活動していくことにしました！」

後輩。

同一人物ではなく、あくまで後輩。

後輩ゆえに私に影響を受けているし、後輩ゆえにどことなく私に姿形《すがたかたち》を寄せている。ということにすれば私の写真を部屋の壁に飾っていても、人形を持っていても違和感がないであろうことに気づいたそうです。

「いや私は写真とか人形を撤去《てっきょ》してほしかったんですけど——」

「それは無理な相談です！　先輩《せんぱい》！」

「さっそく後輩面《づら》してる……」

私は別に許可してないのに……。

というより。

そもそもそれ以前に。

「ていうかどうやって私の居場所を知ったんですか」

昨日、別れて以来、私は彼女のことは気にせず自由気ままな旅に戻ったところなのですけれども。

当然ながら行き先も伝えてはいなかったため、彼女が私の前に平然と現れることができるはずがないのです。

あとでもつけていない限り。

「実は親切な友達に居場所を教えてもらったんです」

「親切な友達」

って誰ですか？

「ちょっと待っててくださいね」

それからアカナさんは私をその場に留めたまま、後方にとことこと歩いて行きました。

そして数秒後。

物陰に隠れていた訳知り顔の女性を連れて戻ってきました。

「また会ったわね――」

「何なんですか……？」

どうやら訳知り顔の女性とアカナさんは昨日の一件以来、お友達同士の間柄《あいだがら》になられたようです。

まさしく類は友を呼ぶ。

「ヤバい人同士でシンパシー感じちゃったんですか」

「お黙り！」

怒られました。

しかしイレイヌさんが本物ではなかった以上――イレイヌからアカナへと名前を戻した以上、イレイナちゃんを後方から見守る会は今日限りで解散《かいさん》。

これからはアカナさんとごく普通の交友関係を築いてゆくそうです。

…………。

お相手、あなたのストーキングしてた人ですけど、いいんですか？

「私、学校に全然友達いなかったので、今すっごい嬉しいです！」

首をかしげる私にアカナさんは目を輝かせていました。まあご本人が幸せそうなら私から口を挟《はさ》むべきではありませんね――。

未来への希望を抱きながら、アカナさんは目を輝かせます。

「イレイナさんのおかげで、私、色々と変われそうな気がします！」

「それはよかったです」

自身を偽ることなく。

他人の名前を借りることなく。

これからはただのアカナとして、生きてゆくのでしょう。

紆余曲折《うよきょくせつ》ありましたけれども――本当に紆余曲折ありましたけれども、彼女はようやく、自身が進むべき進路を見つけたのでしょう。

「ありがとうございました！　イレイナさん」

深々と頭を下げながら、彼女は言葉を並べます。

しかしお礼を言われても困ってしまいますね。

私は特に何もしていません。

「私は名前を貸しただけですよ」

苦笑しながらただ一言答えた上で、私は彼女たちに手を振ります。

お別れの合図です。

私がゆっくりと歩み始めると、彼女たちもまた、手を振りました。

「さようならは言いませんね！　また会えると信じてますので！」

「はいはい」

そうして彼女は最後までずっと笑顔を浮かべ続けていました。

偽りのない、本物の笑顔を。


アカナさん。

私もまた、彼女とまた会えると信じていました。

再びお会いできるのはいつになることでしょう？

私はその日が待ち遠しくてたまらないのです。

「――あ、ちょっと。君、イレイナちゃんでしょ！　久しぶり！」

旅の最中。

とある国に辿り着いたところ、見知らぬ男性から声をかけられました。

はて、どなたでしょう？　初めて訪れる国ですし、当然ながら顔見知りもいないはずです。とすればどこかの国でお会いした方でしょうか？

覚えのない顔を見つめながら私はしばし記憶を探りました。

するとⅡ目の前の男性は、にこりと笑って言うのです。

「サイン書いてよ！　俺さ、君のファンなんだよね。この前も君の歌を聴きに行ったんだぜ！」

「…………」

おそらくアカナさんが私の振りをしていた弊害《へいがい》でしょう。

それからしばらく、見知らぬ方からやけに親しげに声をかけられる事案が多発し、私はたいそう迷惑を被《こうむ》りました。

再会したら苦情の一つでも言って差し上げる予定です。

第二章

少年の夢

とある国の喫茶店《きっさてん》にて私は新聞を読んでいました。

旅の魔女にとって周辺の国の情報収集は必須事項《ひっすじこう》。これから行く国の治安状況《ちあんじょうきょう》の下調べのためにも、これまで訪れた国のその後の状況を知るためにも、新聞は何かと役に立つのです。

「…………」

その日、私の目に留まったのは、とある湿地《しっち》にある集落《しゅうらく》で起きた凄惨《せいさん》な出来事に関する見出しでした。

集落に直接訪れたことはありません。ただその近くを通りがかっただけです。けれど記事を読めば読むほど、知らない場所の出来事とは思えなかったのです。

私は綴《つづ》られた文字を指でなぞりながら、過去に起こった出来事を頭の中で振り返ります。

そこで出会った彼の名を、呟《つぶや》きました。

「……リーノさん」

明るい未来を夢見ていた少年の名前を、呟きました。

「僕《ぼく》はもう一人前《いちにんまえ》……」

その日、私が湿地の中で出会った少年は、そう言いながら汗《あせ》を拭《ぬぐ》いました。

見上げれば空は高く、透《す》き通るような青の中に太陽ひとつ。辺り一面には私たちの背丈《せたけ》ほどの草が生《お》い茂《しげ》り、ぬるい水が足元を浸《ひた》しています。

「僕はもう、一人前……！」

だから大丈夫《だいじょうぶ》。

怖《こわ》いものなどない。

足首まで浸かる程度の水たまりの中を踏《ふ》み締《し》めるたびに不安と緊張に満ちた声が響きます。

歳は十五ほど。髪《かみ》は黒く、体格は細身《ほそみ》。杖《つえ》を握《にぎ》りしめ、草をかきわけながら、彼は私たちを先導します。

足元が汚れないようにほうきに乗った私が彼の後ろ。

そして最後尾《さいこうび》には、彼のお姉さん。

「無理をしないで、リーノ」

なだめるように彼女は言いました。

彼女の名はアーミラ。

弟さんと同じく黒い髪が肩《かた》に触《ふ》れる程度まで伸びており、同じく黒い瞳《ひとみ》が弟さんに向けられています。心配なのでしょう。

しかしながら彼は少々背伸《せの》びをしたいお年頃なのかもしれません。むっとしながら振り返り、

「べ、べつに無理なんてしてないよ！　失敬《しっけい》だな！」

とお姉さんを睨《にら》みます。

「そう」

表情を特に変えることなく頷《うなず》くお姉さん。普段からあまり感情を表に出さない方なのかもしれません。

「姉さんの方こそ、余裕《よゆう》でいられるのも今のうちだよ。ひょっとしたら僕がヌシを狩って集落で一番の座を貰《もら》うかもしれないんだから」

得意《とくい》げな様子《ようす》で鼻《はな》を鳴らすリーノさん。

そして彼の視線は、お姉さんの前にいる私へと向けられます。

「魔女さんも危なくなったら姉さんの後ろに隠《かく》れて。きっと守ってくれるはずだから」

語りかける言葉からはお姉さんへの絶対的な信頼を感じました。

私は頷きます。

「ではお言葉に甘えて。ヌシとやらが出てきたら隠れさせてもらいましょう」

そして言いながら靴《くつ》のつま先でちょん、と水たまりをつつきます。

高すぎず、低すぎず、頭が草からはみ出ない程度の高さに保ったまま、わたしはほうきで浮かんでいました。

私が彼らと出会ったのは、今よりおおよそ一時間ほど前のことです。

「ヌシ？」

彼女たちを湿地の中で見つけたのは本当に偶然《ぐうぜん》のことでした。

一人は少年、もう一人は大人びた女性。どちらも杖を手に持つ魔法使いであり、黒い髪と顔立ちから姉と弟の関係であることは容易《ようい》に想像できます。

私が気づいたと同時にどうやら向こうもこちらに気づいたようで、ゆっくりと手を振りながら挨拶《あいさつ》をしてくれました。そうなると無視をするのもいささか行儀《ぎょうぎ》が悪いもので、私は彼女たちに近づき、ご挨拶を返したのです。

こんにちは。こんなところで何をしているのですか？

灰《はい》の魔女イレイナと軽く自己紹介をしたのちに私は尋ねました。すると彼女たちはこそこそとしながら答えたのです。

「ヌシをさがしている」と。

ですから首をかしげました。

ヌシ。

……って何です？

「この湿地にいる魔物《まもの》だよ」

答えてくれたのは弟さん――リーノさんでした。「とても大きくて、それでいて獰猛《どうもう》。けれど滅多《めった》に人前に現れることはない、この湿地の主《あるじ》。だからヌシと呼ばれているんだ」

「なるほど」

初めて聞きましたね……。

「僕たちがいま住んでいる集落や周辺の村では有名な魔物だよ。以前から定期的に出現が報告されてるんだけど誰も倒したことがないらしい。それどころかこれまで何人もの人間が犠牲《ぎせい》になってるんだって」

「随分《ずいぶん》と危険な生き物なんですね」

「だからうちの集落も今は結構厳戒態勢《げんかいたいせい》なんだよね」

「そしてあなた方はそのヌシが周りをうろついていないかを見回りしている、といったところですか？」

「ちょっと違《ちが》うかな」

「というと」

尋ねる私に彼は言いました。

「僕たちはヌシを倒すつもりでいる」

平然とした様子でそんなことを言いました。

「……倒す？」

これまで何人もの人間が犠牲になっているくらいに危険な魔物、と聞かされた直後なのですけれども？　と顔をしかめる私でした。

彼は依然《いぜん》として得意げな表情を崩《くず》すことなく説明します。

「これまで倒せなかったのはうちの集落にも周辺の村にも優秀《ゆうしゅう》な魔法使いがいなかったからさ」

「随分と魔法使いを高く評価しているんですね」

「魔法というよりも姉さんのことを、かな」ちらりと自身の姉に誇《ほこ》らしげな視線を向けるリーノさん。「うちの姉さん、めちゃくちゃ強いんだぜ。これまで多くの魔物を一人で仕留《しと》めてきたし、当然、村の誰も敵《かな》わない。一人で賊《ぞく》を壊滅《かいめつ》させたことだってあるんだ」

彼女と一緒《いっしょ》ならヌシ相手でも何も怖《こわ》くないと言いたいのでしょう。

そんな彼の横で、姉さんことアーミラさんは人形のようにぼーっとしていました。普段から口数が少ない方なのかもしれません。

それから私はすれ違ったついでにこの辺りの集落や村について教えてもらいました。旅人なるものはいつでも寝泊まりできる場所を探し歩くもの。この辺りってどんな感じなんですか？と私は雑談《ざつだん》ついでに首をかしげました。

曰《いわ》くどこの村も集落も、仲間同士の結びつきばかりが強く、対照的によそ者には冷たく、旅人を受け入れてはくれないそうです。

「特に魔法使いに対する差別や偏見《へんけん》は結構強いよ。多分、ほうきに乗って集落を訪れた瞬間《しゅんかん》に石を投げつけられるんじゃないかな」

つまり私のようなよそ者で尚且《なおか》つ魔法使いというような人間は拒絶《きょぜつ》される可能性が高いということですか。

「その割にあなた方も魔法使いのようですが」

「僕たちは特別なんだよ。僕たちっていうか姉さんが、だけど」

差別を実力でねじ伏《ふ》せたのさ、と彼は言いました。

だからこそ自慢《じまん》の姉なのでしょう。

「でも、僕たち以外にはまだまだ冷たいし差別意識はあるから、寝泊まりしたいなら湿地を抜けた先にある国へ向かった方がいいだろうね」

なるほどなるほど。頷《うなず》く私。

「ありがとうございました。情報提供、感謝します」

ほうきの上から一礼。

「いやいや、こっちこそ、同じ魔法使いに会えてよかったよ」

へへへ、と笑いながら手を振るリーノさん。

きっとこれからヌシの探索に戻るのでしょう。

「お気をつけて」

「魔女さんもね」

私たちは言葉を交わします。

長話もここでおしまい。そろそろ私も旅に戻ることとしましょう。

私は二人に背を向けます。

そしてほうきを再び走らせ。

直後。

「――手伝ってくれない?」

声を聞きました。

「え?」

立ち止まり。

振り返る私。

こちらを見つめるのは、リーノさんのお姉さん。

呆《ほう》けた表情を浮かべる私に、彼女は繰り返します。

「あなた、手伝ってくれない?」

肌は冷たい雪のように白く、こちらを見つめる眼差《まなざ》しは深い闇のような黒。表情は暗く、顔色から感情がほとんど読み取れませんでした。

「…………」

別に私がここで彼女のお手伝いをする義理はありません。お話を聞く限り、お姉さん一人でも何ら問題なくヌシとやらを始末《しまつ》できてしまうのでしょう。

「……まあ、別に構いませんけれども」

けれど私はこの時頷いていました。

なぜだか彼女の顔を見たとき、そうしなければならないように思えたのです。

●

少年には夢がありました。

「生き延《の》びるために一番大事なこと、何かわかる？」

思い出すのは幼《おさな》い日のこと。

姉はリーノの頭を優しく撫《な》でながら言いました。「殺される前に、殺すこと。どんな時でもこれだけは、忘れないで」

そんなふうに笑いかける姉の背後には、絶命《ぜつめい》している魔物の姿がひとつ。

暗がりから突然襲《おそ》いかかってきたところを姉が返り討ちにしたのです。魔法による迷いのない一撃が魔物の頭を貫《つらぬ》いていました。

「殺される前に、殺す……」

「そう。覚えておいて。話の通じない相手にはそれが一番」

頷きながら淡々《たんたん》と答えるアーミラ。

リーノが幼い頃から、アーミラは集落の中で独自の立ち位置を確立していました。言葉は多く語らず、しかし魔法使いとしての揺るぎない実力を備えている彼女が、集落に根強く残っていた魔法使いに対する差別意識を変えたのです。

差別意識を乗り越えた先にあったのは仲間としての強い結びつき。

リーノが十二歳を迎えた頃には既《すで》にアーミラは集落の仲間たちを率《ひき》いて多くの獲物《えもの》を持ち帰るほ

どになっていました。

「………」

家で帰りを待ちながら、リーノはそんな仲間に囲まれている姉を羨《うらや》ましく思いました。

強くなりたい。

姉と二人で肩を並べられるようになりたい。

いつしかそんな夢を抱くようになりました。

「姉さん、姉さん！　僕に魔法を教えてよ！」

やがてリーノはアーミラに杖をねだりました。魔法を使って姉のように戦いたい。姉の背中を守れるような男になりたい。そんな願いを打ち明けました。

「そう」

アーミラは嬉《うれ》しそうに微笑《ほほえ》むと、木の枝《えだ》を細工《さいく》して作った練習用の杖を手渡しました。「一人前になったら、私と同じ杖をあげる」

その日は弟と二人で狩りをすることを夢見ているようにも見えました。

翌日からアーミラは狩りに出る片手間《かたてま》に魔法を教えるようになりました。集落で一番の実力者である彼女の、弟——周囲も期待を寄せながら、二人の修行《しゅぎょう》を見守りました。

それから修行を始めて一年が経《た》ちました。

「そろそろいいかな」

「まだだめ」

十三歳を迎えたリーノにアーミラは首を振ります。

さらに一年が経ちました。

「まだだめ？」

「ええ」

アーミラは相変《あいか》わらず、他の仲間を連れて狩りに出ました。

来る日も来る日も、練習ばかりで実戦はさせてもらえません。落胆《らくたん》しました。何が足りないのだと悔《くや》しくなりました。

それでもリーノは夢を諦《あきら》めませんでした。

だからそれからも毎日のように彼は一人で黙々《もくもく》と特訓《とっくん》を重ねました。

いつか姉が振り向いてくれるように、努力を重ねました。

そんなある日のことでした。

「――おい、聞いたか？　集落の周りにヌシが出たらしい」

「――前に出たときも酷《ひど》い損害を被《こうむ》ったな」

「――また備蓄《びちく》で生活せねばならんのか……」

集落の仲間たちが囁《ささや》き合っている声を、リーノは聞きました。

ヌシが出た。

リーノの記憶が正しければ、前回、集落の周辺で目撃情報が出されたのは五年ほど前。見回りに出た仲間が何名か亡《な》くなったことをリーノは覚えています。

しかし、当時はまだリーノはおろかアーミラさえ魔法使いとしての実力を発揮していなかった頃のこと。

今は集落には強い力を持つ魔法使いがいます。

「――アーミラなら何とかしてくれるんじゃないか？」

「――そうだなぁ……、アーミラが倒してくれんかなぁ」

集落の仲間たちが呟く声を、リーノは聞いていました。

悔《くや》しく思いました。

頑張《がんば》って特訓をしているのに、見向きもされないことが。

実力を認めてもらう機会すら与えられないことが。

いつかヌシを倒せるくらいに強くなりたい――練習用の杖を振り回しながら、リーノはひたすら願いを込めて魔法を放ち続けました。

「――知っての通り、ヌシが集落の周りをうろついているとの報告が出ている。我が集落で最も腕《うで》が立つのはお前だ。悪いが、様子を見てきてはくれんか」

そして今日の早朝のこと。

集落の長はアーミラに調査を依頼しました。言い回しこそ単なる調査の依頼でしたが、長の願いはヌシを狩ること。

彼女もその願いを理解していました。

「此度《こたび》の相手は今までとは違います。数日間、生態《せいたい》を調べさせてください。討伐《とうばつ》に出るのはその後にしましょう」

危険な相手であるため準備が必要だと彼女は語りました。

それから単独で集落から出ていき、彼女は宣言通りに湿地でヌシの生態について調べました。

戻ってきたのはそれから三日後のこと。

無傷《むきず》。

いつものように涼《すず》しい顔で帰ってきた彼女を、集落の仲間たちは出迎え、尋ねました。

ヌシは今どこにいるのか。集落のすぐ近くなのか。気が立っているのか。落ち着いているのか。

集落に危害《きがい》が及《およ》ぶかどうか、気が気でなかったのです。

しかし、彼女の返答は、彼らの期待とはおおよそかけ離れたものでした。

「リーノ」

彼女は集落の仲間たち——その後ろにいる、自身の弟を見つめ。

そして言いました。

「手伝って」

姉の手から差し出されたのは、一本の杖。

一人前になったときに初めて手渡す予定であった、杖。

その言葉が意味するところを、リーノは即座《そくざ》に理解しました。

一緒にヌシを倒してほしい。

きっと、そのように言っているのです。

「姉さん――」

杖を受け取り、リーノは姉を見つめます。

今日、ようやく、夢が叶《かな》ったのです。

○

「――でもまさか姉さんと初めて行く狩りの相手がヌシだとは思わなかったよ」

飛び入りでお二人のヌシ探しに参加することになった私に与えられた仕事は荷物番。ほうきで飛ぶことができる私ならば荷物をいくらでも持っていても構わないだろうという判断が二人の中で自然に行われたようです。

二人分のバッグを提《さ》げた状態で、私は弟と姉の間をゆらゆらとほうきで浮かびながら、湿地の中を進みました。

「姉さんって無口《むくち》な割に、前から結構無茶《けっこうむちゃ》な要求をしてくる人だったんだ」

先ほどから身の上話を長々と私に語りながらも、彼は饒舌《じょうぜつ》に姉の素晴《すば》らしさを語っておられました。

「稽古を始めた頃もいきなり僕に杖を持たせて、『私に一撃入れられるまで休んじゃダメ』って言ってきたり、魔法の特訓のときも『的を一回でも外したら晩ごはん抜き』って言ってきたり」

聞く限り相当に厳《きび》しい訓練の日々を送ってきたようです。

けれどその日々がようやく報われたことへの喜びが大きいのでしょう。彼は笑顔を咲かせながら言うのです。

「でも、ヌシを倒したあとのことが楽しみだよ。これからは姉さんと一緒に狩りをすることができるんだから」

「よかったですね」

「うん」

嬉しそうに彼は頷き、最愛の姉へと振り返ります。

釣られるように私も振り返っていました。

「…………」

リーノさんが語るようにお姉さんはとても無口な方でした。思い出話にも割って入ることはなく、私たちが見つめている今に至っても特に言葉を返すことなく黙《だま》っているだけ。

彼女は必要最低限の言葉以外は語るつもりがないのかもしれません。

「リーノ。真《ま》っ直《す》ぐ進んで」

口を開いたかと思えば、そのように弟さんに指示するだけ。

右に曲がって、真っ直ぐ進んで、左に曲がって。

語る言葉は先ほどからそればかり。

「ああ、ごめんごめん」

お姉さんの言葉は「止まるな」という意味だったのでしょうか。軽く謝《あやま》りながらリーノさんは再び歩き始めます。

「………」

お姉さんはぼんやりとした様子で私たちの後をついてきていました。

まるで亡霊《ぼうれい》のように。

「ところで」

ヌシを探して湿地を進む最中、私は二人に尋ねます。「ヌシの特徴をもう少し詳しく教えてもらえますか？」

外見的特徴とか、具体的にどのようなふうに攻撃をしてくるのかとか。

身の安全を守るためにも予備知識は多い方がいいでしょう。

「ああ、そういえば言ってなかったっけ」

「危険な魔物だという話以外はまだなにも聞いてませんよ」

「それなら姉さんに聞くといいよ。調査してきたのも姉さんなんだし」

そうでした。

「で、どうなんですか？」

くるりと再び振り返る私。「ヌシって具体的にどんな魔物なんです？」

ここに至るまで、ほとんどまともに会話を交わしていない彼女でしたけれども。

直接尋ねれば何かしらの言葉を返してくれるだろうと私は思っていました。

けれど彼女が私に目を向けてくれることはありませんでした。

「そこで止まって」

私でもなく、弟さんでもなく、どこを見つめるでもなく、彼女は虚空《こくう》を見つめたまま口を開いていました。

「……どうしたの？　姉さん」

様子が変だけど、と怪訝《けげん》な顔を浮かべ、リーノさんは立ち止まります。

「………………」

お姉さんは答えません。

違和感が湧《わ》きました。

彼女はどうして何も語らないのでしょう。

リーノさんの思い出話の中では、少なくとも多少はコミュニケーションを取れる人だったのに。

いえ、そもそも。

彼女はどうして私を誘ったのでしょう。

ヌシを数日調査しても無傷で生還《せいかん》できるほど強いのであれば、わざわざ見ず知らずの私の手を借りずとも、リーノさんを連れてゆくだけで倒すことも容易《ようい》なはずです。

そもそも初めて狩りに出るような弟さんを連れ歩くということは、少なくとも彼がいかに足手纏《あしでまと》いであったとしても守り切れる自信があるということに他なりません。

でなければ、ヌシの討伐のために弟を連れ出すなどありえないのです。

「……姉さん？」

そしてリーノさんが心配そうな様子で尋ねたときのことでした。

「……………」

かくん。

と、立ったまま眠るように、アーミラさんは俯《うつむ》きました。両手はだらりと垂《た》れ下《さ》がり、足にも力はありません。ぎりぎりぎりと何かが締め上げられるような音がしました。ゆっくりと彼女の足が水たまりから引き抜かれました。自《みずか》らの意思で飛ぶわけでもなく、歩みを進めるわけでもなく、彼女はその場でふわりと浮きました。ぎりぎりぎりと軋《きし》む音がしました。彼女の身体が左右に揺《ゆ》れます。

彼女の身体は、吊《つ》るされていました。

「ねえ、さん……？」

唖然《あぜん》とするリーノさんにアーミラさんが応じることはありませんでした。

今の今まで姿を隠していたのでしょうか。

一本の紐《ひも》のようなものが、アーミラさんの首に巻き付き、上に向かって伸びています。辿《たど》ってみれば紐は弧《こ》を描き、私たちの前方へと伸びています。

そして紐の先には魔物が一匹。

「……ドロネロ」

とある地方にて、そのような名前の魔物が存在していたと聞いたことがあります。

主に湿気《しっけ》の多い場所を好み、姿形は大雑把《おおざっぱ》に言えば、人間を丸呑《まるの》みにできるくらいの大きさのカエルといったところでしょう。

最たる特徴は、その生態《せいたい》にあります。

ドロネロと呼ばれる魔物は二つ、大きな特徴を持っています。

「何で……どうして……？　僕の目の前に、こんな奴、いなかったのに——」

まず一つ目。

自身の体軀《たいく》を透明《とうめい》にすることができるそうです。獲物《えもの》が近づくまでじっとその場で待つことが多いと聞きます。

しかしながら、待っているだけでは獲物はやってきません。たまたま遭遇《そうぐう》できたとしても、獲物の仲間が警戒してドロネロの傍《そば》に近づかなくなるかもしれません。

だから二つ目の特徴を、持っています。

「………」

目を逸らさないように私が睨む中、ドロネロの頭部から生えた釣竿《つりざお》のような触角《しょっかく》がゆらりと揺れます。

アーミラさんの首がぐしゃりと折れ曲がりました。

「……逃げてください、リーノさん」

私は目の前にいる彼に対して呟きます。

ドロネロは、仕留めた獲物の遺体《いたい》を使って狩りをするのです。遺体の頭を触角で貫《つらぬ》き、まるで生きているかのように言葉を語らせ、他の獲物を誘い込み、そうして次から次へと捕食《ほしょく》します。

私たちはつまり餌《えさ》に食いついた魚と同じ。

「姉さん……、姉さん……、嘘《うそ》、だよね、姉さん……」

呆然《ぼうぜん》とするリーノさん。

ドロネロは、失意の彼を嘲笑《あざわら》うかのように、大きな口を開けました。


私はこの時のことを思い出すたびに、ひどい後悔《こうかい》に苛《さいな》まれるのです。

きっとこの時、私がもっと早い段階で気づいていれば、最悪の事態は避けられたのでしょう。強引にリーノさんをその場から避難《ひなん》させておけばよかったのでしょう。

迷えば死ぬような状況下。私はドロネロを退《しりぞ》けることを最優先としました。目の前で立ち尽《つ》くしている彼を払いのけたのちに杖を振るいます。

放った魔法は灼熱《しゃくねつ》の火球《かきゅう》。触れたものすべてを溶《と》かす火の塊《かたまり》が、ドロネロの右前脚を抉《えぐ》り取りました。釣った獲物に思わぬ反撃をくらったドロネロは驚いて退《しりぞ》き、再び姿を透明《とうめい》に変えました。

火の塊が足元の水を蒸発《じょうはつ》させていることには気づいていなかったのかもしれません。私の杖は細かい水滴《すいてき》にまみれたドロネロを捉えていました。こちらに向けられた背中へともう一発、私は魔法を放ちます。矢のように飛んでいった一筋《ひとすじ》の光が、巨体を貫きました。

おそらくはそれが致命傷《ちめいしょう》となったのでしょう。

湿地にて倒れたドロネロの身体が、露《あら》わになりました。

「…………」

私はこの時、すべて終わったと思っていました。

元凶《げんきょう》であるドロネロを倒したことで、私たちの周りにある危険はすべて取り払うことができたのだと思っていました。だから息をついて、杖を下ろして、リーノさんの方へと視線を投げかけました。

けれど彼はこちらを見ることはありませんでした。

「……ねえ、さん」

視線の先にあるのは、今も頭を触角で繋《つな》がれているアーミラさん。

私も知らなかったことがひとつだけありました。

たとえば頭を切り落とされた魚がまな板の上で痙攣《けいれん》を起こすように、死後間もない生物の身体が動くことがあります。

ドロネロにおいてはその反応が、触角の先につけた遺体にまで及《およ》ぶようでした。

「あああああああああああああああああああああああああああ」

立ち尽くしていたはずのアーミラさんが叫《さけ》びながら、杖を振り回しながら——そこら中に魔法を放ちながら走ります。

おそらくはアーミラさんの中にあった魔力が暴走状態になっているのでしょう。放たれた魔法の数々は地をえぐり、草を切り裂き、木々を倒します。

そして彼女が向かう先には、リーノさんが呆然と立ち尽くしていたのです。

「——危ない！」

私は油断していました。

だから一瞬、アーミラさんへと杖を向けるのが遅れてしまいました。

「姉さん……ごめん……」

私がリーノさんを助けようとしたときには既に、彼は魔法を放ってしまっていました。もう亡くなっていたアーミラさんの身体はいとも容易《たやす》く貫かれ、倒れ、水たまりの中に沈《しず》みます。

本当に。

この時のことを思い出すたびに、私はひどい後悔に苛《さいな》まれるのです。

「……リーノさん」

私がもしも彼を強引に避難させていれば。

少なくとも、自らの手でお姉さんの遺体を傷《いた》めることは、なかったのに。

○

「殺される前に殺せっていうのが、姉さんの教えなんだ」

すべて終わったあとで、リーノさんは傷だらけの亡骸《なきがら》を布で包みました。

何と声を掛ければいいのでしょう。迷う私に、彼は「気にしないで」と振り返ります。

「僕たちの集落では狩りの最中に仲間が死ぬことは珍《めずら》しいことじゃない。……姉さんだって、狩りに出るたびに二度と戻れなくなるかもしれないことを覚悟《かくご》してたんだ」

ここに至るまでの特訓の日々の中で、きっとそのように教えられたのでしょう。

亡骸に触れる手は優しく、けれど涙をこぼすことなく、彼は落ち着いているように見えました。

それでも彼はまだ十代。

「……大丈夫ですか」

重すぎるものを背負《せお》ってはいないでしょうか。私は彼の傍に腰《こし》を下ろして尋ねました。これから先、どうするつもりなのか。何をするのか。

彼は答えます。

「集落に戻って、ありのままに結果を報告するつもりだよ。姉さんはヌシに殺されて、そのヌシは僕が倒した。ありのままを全部仲間たちに伝えるつもり」

「……そうですか。よければ同行しましょうか？」

起こった出来事に対する証人《しょうにん》として。

それに、遺体を運ぶのも一人では大変でしょう。

手伝えることはないものでしょうか。そう思った末に私はリーノさんに提案をしていたのですが、けれど彼はゆるりとかぶりを振って答えるのです。

「心配しなくても大丈夫だよ」

そして私に掲げてみせたのは、一つの杖。

自分自身に言い聞かせるように、彼は語りました。

「僕はもう、一人前だからね」

少年は夢を見る。

『一人前になったら何がしたいの？』

特訓の日々の中でアーミラはリーノに問いかける。吸い込まれそうなほどに綺麗《きれい》な瞳。無表情な彼女。リーノは笑顔を返す。

『そりゃあもちろん、姉さんの相棒《あいぼう》になりたいよ』

姉さんの相棒になって、集落の皆を助けてあげる。

そんな魔法使いになりたいんだ――リーノは語る。それが彼の夢だった。

『そっか』

姉は表情を大して変えることなく問いかける。『でも、一人前になったら大変だよ。我慢《がまん》しなきゃならないこともたくさんでてくる。耐えられるの？』

『もちろん耐えられるよ』

『辛《つら》いことも、悲しいこともたくさんあるよ』

『大丈夫だよ！』

姉さんと一緒なら、どんなことでも耐えられる。

胸《むね》を張りながら、リーノは語った。

いつまでも姉さんの隣《となり》に居続けること。

それがリーノの夢だったから。


「――お前……！　よくものこのこと帰ってこれたな！」

集落に帰ったリーノを迎えたのは仲間の男たちだった。

誰もが棍棒《こんぼう》を持っていた。

リーノが背負っていた亡骸など目もくれず、彼の顔を、腕を、背中を殴打《おうだ》した。

「よそ者の魔女と一緒にアーミラを殺したな！」

「様子がおかしかったから心配になって見にいったんだ！　そしたらアーミラが……アーミラが……！」

「なんてことをしてくれたんだ！」

「俺たちの仲間を返せ！」

背中が痛かった。頭が熱かった。痛みから守るために頭を覆《おお》う。次第《しだい》に指先に力が入らなくなっていった。

一人前の証しとして渡された杖がどこかに消えていた。視線を左右に向ける。

折れた枝のようなものが転がっていた。

「こんなもの――！」

仲間の誰かが踏み潰す。それが杖だったことに気づくまで時間がかかった。やめてほしい。姉さんがくれたものなのに――声を上げようとしても喉《のど》から息しか漏れなかった。

代わりに手を伸ばす。

原形を留めていない杖だったものを、誰かが蹴飛《けと》ばした。後を追うようにリーノの傷だらけの手が地を這《は》った。

「……姉さん」

杖だったものが転がった先に、亡骸が転がっていた。

集落の仲間たちに囲まれて、嘆き悲しむ彼らの真ん中で、アーミラは自らの杖を持ったまま死んでいた。光のない黒い瞳は、リーノの方を向いている。

『一人前になったら何がしたいの？』

姉がそう問いかけているかのようにも思えた。

だから瞳を閉じて、リーノは自身に言い聞かせる。

姉さんと一緒なら、どんなことでも耐えられる。辛いことも、悲しいことも、何だって乗り越えられる。

そして夢を見た。

暖かい日差しの中で、姉と二人、狩りに出て笑い合う。辛いことも悲しいことも何もない、穏《おだ》やかな世界。

穏やかな夢の中で、アーミラは笑いかけてくれた。

『生き延びるために一番大事なこと、何かわかる？』

こちらに伸ばしてくれた手には、杖が握られていた。

それは魔法を学ぶきっかけになった言葉。いつも胸の奥に抱いていた姉の言葉。幼い頃、魔物に襲われたリーノを救ったのちに頭を撫でながら語ってくれた言葉。

『殺される前に――』

道を示してくれた彼女の言葉を忘れるはずもない。

だからリーノは頷く。

「ありがとう、姉さん」

そしてリーノは彼女の手をとった。

第三章

よく出来た子

その日の朝。

ある国の宿で目を覚ましたとき、私は「ああしまった」と頭を抱《かか》えることになりました。

窓から外を見下ろせばとてもとても賑《にぎ》わった大通り。今日はこの国で最も大事なお祭りが行われるのだとか。

陽射《ひざ》しは晴天《せいてん》。

まさにお祭り日和《びより》。

大通りを行き交う人々は心の底から今日という日を謳歌《おうか》しているように見えました。そんな彼らの楽しそうな顔を見れば見るほど私の気分は曇《くも》っていきました。

「……出国《しゅっこく》が面倒《めんどう》になりますね」

入国をしたときに門兵の方からも軽く説明されていたのですが、お祭りが始まると観光客の入国が増え、出国の手続きに余分《よぶん》な時間を割かれることになるそうです。

混雑《こんざつ》を避けたければお祭りの日よりも前に出国をした方がいいですよ、とも言われていたのですけれども。

滞在中にその事実をすっかり忘れてしまっていました。

結果として宿を出た後も私は後悔《こうかい》をしながら街を歩くこととなりました。

ただのお祭りならば私もさほど気には留めなかったのですけれども。

この国のお祭りで店先に並ぶ物は他国とは少々事情が異なるのです。

「さあご覧ください！　これが我が国最新鋭《さいしんえい》の魔法兵器です！」「いかがですか？　最新の銃《じゅう》の試し撃ちができますよ」「新しい武器を買いませんか？　今なら大特価ですよ！」

ずらりと並ぶのは物騒《ぶっそう》な形をした兵器の数々。

剣《けん》や斧《おの》、鎧《よろい》などの一般的な武具に加え、武器と魔法道具を組み合わせた魔法兵器なるものも並べられていました。

「——我が国は極めて高い軍事力を誇《ほこ》っておりまして、年に一度の祭りでは最新鋭の兵器や武器を近隣諸国《きんりんしょこく》に披露《ひろう》しているのですよ」

入国の際に門兵さんが語ってくれた言葉を私は思い出します。「我が国では兵として国のために献身《けんしん》することが何よりの幸福なのです。ですから皆、祭りを心待ちにしているんですよ」

国の素晴《すば》らしさを披露できるいい機会ですから。

門兵さんもまた祭りを楽しみにしている一人だったのでしょう。誇らしげな表情は今でも覚えています。

しかし私は国が軍事力を誇る祭りに興味や関心がありません。

ゆえに祭りよりも先に国を出るつもりだったのです。己の計画性の無さに呆《あき》れ返り、ため息をつきながら、私は人で溢《あふ》れた大通りをしばらく歩き、門の前へと辿《たど》り着きました。

「申し訳ありませんが、現在、門が大変混み合っておりまして――」

そして案《あん》の定《じょう》、門の前は大渋滞《だいじゅうたい》。

「うへえ……」

私は嫌々《いやいや》、門へと続く列の最後尾《さいこうび》に並ぶこととなりました。

そんな時のことです。

「――ああ素敵《すてき》！　とっても素晴らしいわ！」

街の喧騒《けんそう》の中、一際嬉《うれ》しそうな声が私の耳に響きました。視線を向けてみれば、五歳程度の女の子の前で笑顔を浮かべる大人たちの姿がありました。

「本当に素敵」「似合ってるわねえ」「将来は立派《りっぱ》な兵士さんになれるな！」

小さな身体にはとても似合わない大きな剣を抱えた女の子を見下ろしながら、大人たちは口々に褒《ほ》め称《たた》えます。

子どもの肩《かた》に手を置きながら自身のことのように喜び、頷《うなず》くのはご両親。

「この子、自分の意志でこの剣と革鎧《かわよろい》を選んだんだよ。玩具《おもちゃ》やお洒落《しゃれ》な服じゃなく、戦うための武器を選んだんだ！」「親としてとても誇らしいわ！」

嬉しさが有り余って革鎧と剣を持たせたままお祭りに引っ張り出してきたのでしょう。

「…………」

恥《は》ずかしそうに俯《うつむ》く女の子のことなど気にも留めることなく、ご両親はそれから我が子の素晴らしさを周りの大人たちに説《と》いていきました。

――だから私は、この国にあまり長居《ながい》はしたくなかったのです。

祭りの日よりも先に出国したかったのです。


この国に入国した直後のことです。

私は衣服店で、同じような親子の姿を見かけました。

「パパ、ママ、これ見て！」

店の隅《すみ》で女の子は指差します。

そこにあるのは埃《ほこり》を被《かぶ》った可愛《かわい》い衣装。お祭りの準備のためか既《すで》に店内の大部分は鎧やローブなど、戦うための衣装が並んでおり、ただ可愛いだけの服は肩を寄せ合うように隅《すみ》のほうに隠れていたのです。

女の子は宝物を見つけたかのように顔を綻《ほころ》ばせていました。

「この前ね、この服をね、友達の子が着てたの！」

それは言い換えるならばこの服が欲しいと言っているようなもの。その場に居合わせた赤の他人の私でも言葉の意味は理解できました。

店の真ん中にいたお母様はそんな彼女に言いました。

「そう。で？」

お父様は可愛いだけの服を遠巻きに眺《なが》めながら言いました。

「そんな服に興味があるのかい？」

それからご両親は、口を揃《そろ》えて尋ねるのです。

「他にはどんな服が着たいのかな？」

子どもでも着られるローブや革製の鎧の目の前に、立ちながら。

「あ、うん……」

可愛らしい服を手放して、子どもはご両親の元へと戻りました。それから結局どのような服を買ったのでしょう。

きっとご両親は、好きな服を自由に選ばせてあげたのでしょう。

ご両親が見ている範囲の中で、自由に。


「――いやあ、素晴らしい光景ですね」

ほどなくして門まで辿り着いた頃。

私の視線の先にある光景を眺めながら、門兵さんは満足げに頷いていました。

「我が国では小さい頃からああして戦うための武器や鎧を身につけさせることで、闘争の意識を強めているのです。……私が子どもだった頃はあのような鎧や剣は買ってもらえませんでしたから、あの子が羨《うらや》ましいですね」

私は門兵さんに返します。

「ご自分の意志で革鎧と剣を選んだそうですよ」

「なんと！　それは素晴らしい。我が国の誇りですね」

門兵さんが浮かべる顔はご両親たちやその周りを取り巻く大人たちとまったく同じ。

やがて門兵さんは私に尋ねるのです。

「魔女様もそう思われますよね？」

まるで仲間を探すように。

自身の認識が間違っていないのだと確認するために。素晴らしく、正しい場所に自身がいるのだと改めて言葉で聴くために、尋ねるのです。

だから私は、大人たちに囲まれた子どもを見つめながら。

一言だけ返しました。

「よく出来た子ですね」

砂漠の財宝

空が青く、どこまでも広がっていました。

大地は眩《まぶ》しく、見渡す限りが乾《かわ》いて見えました。

「何もないですねえ……」

砂漠《さばく》の真ん中から見える景色《けしき》に、旅の魔女は水を一口飲みつつため息を漏《も》らします。目を凝《こ》らしてみれば、遥《はる》か彼方《かなた》に聳《そび》える山々。その手前に小さな国が一つ。

乾いた大地にあるのはその程度。見晴らしのよさがかえって荒廃《こうはい》した景観《けいかん》を強調しておりました。

暑すぎる気候に、乾いた風。人類がまともに活動するにしては少々険《けわ》しすぎる環境なのかもしれません。魔女の眼下《がんか》に広がるのも、かつては都市として栄えていたであろう痕跡《こんせき》の数々。おそらくは遺跡《いせき》と呼ぶべき物。

人の背丈《せたけ》を軽く超えるほどの石造《せきぞう》の塀《へい》があたり一面に広がっていました。入り組んでいる様子《ようす》はまるで迷路《めいろ》のよう。

ここは昔、どのような場所だったのでしょう？

空飛ぶほうきの上から魔女は首をかしげます。遺跡のあちこちに、穴が見えたのです。見るからに昔から手付かずの塀とは違い、つい最近開けたような穴があちこちに。掘り返しては駄目《だめ》だったとため息をついたような跡が無作為《むさくい》に。

誰かが探し物をしているのでしょうか？

労力《ろうりょく》を割いて掘るだけの価値のものがあるのでしょうか？

「ひょっとしたら財宝《ざいほう》とか？」

おやおやおや？

溢《あふ》れ出るお金の匂《にお》いを嗅《か》ぎつけて、空飛ぶほうきをぴたりと止める魔女。それからゆっくりと塀の上に下り立ちました。

身に纏《まと》うのは黒のローブに三角帽子《さんかくぼうし》。髪《かみ》は灰色《はいいろ》、瞳《ひとみ》は瑠璃色《るりいろ》。どこからどう見ても美少女の彼女の手にはボトルが一つ。

こくりこくりとボトルを呷《あお》ったのち、口の端《はし》からこぼれた水を拭《ぬぐ》う様子はまるで財宝を見つけて「うへへ」とにやける悪党かのようにも見えました。

このようにお金の匂いには人一倍敏感《びんかん》な薄汚《うすぎた》ない魔女とは一体誰でしょう。

そう、私です。

「あのう、すみません」

まあお金の匂いに敏感というか。

普通にちょうど今しがた穴を掘っている人を見つけたから声をかけてみただけなんですけどね。

きっとあちこちを掘らねばならないほどに価値あるものが中には眠っているのではないでしょうか。

「何をなさっているんですか？」

お金儲《もう》けの気配を感じながらも高いところから首をかしげる私。穴の中でスコップを懸命《けんめい》に振るっていたのは男性でした。髪は黒。体格は細く、袖口《そでぐち》から見える肌は白。

歳の頃は大体二十代半《なか》ば程度でしょうか。少なくともこちらに振り返った彼の顔立ちは青年と呼ぶに相応《ふさわ》しく見えました。

「………」

そして目と目が合ったのち。

彼はぱちくりと何度か瞬《まばた》きを繰り返し。

「あのう？」

再び首をかしげる私をよそに、彼はその辺に置いてあったバッグへと手を伸ばし、ごそごそと中身を漁《あさ》ります。

何でしょうか？

待つこと数秒。

「お前！　盗賊《とうぞく》だな！　手ぇ上げろ！」

出てきたのは銃《じゅう》でした。

「えええええええ？」いきなり何なんですか？

「死んだじいちゃんが言ってた。可愛《かわい》い女の子が急に話しかけてきたら詐欺《さぎ》だって」

「ふっ」

「じゃあ初対面なのに口説《くど》かないでください」

「鼻《はな》で笑うな！」

「口説いてない！」

むんっ、と険《けわ》しい顔を作りながら彼は私を睨《にら》みます。「ここ最近、盗賊団がこの遺跡に出入りしているのはオレの耳にも入ってる。お前、その仲間だな？」

ほうほうなるほど。

私が盗賊かどうかはさておき。

「やっぱり遺跡なんですか、ここ」

「ああ？　何言ってんだよ。見ればわかるだろ」

「ちなみに何という名前の遺跡なんですか？」

「？　盗賊のくせに何だその質問……？」

怪訝《けげん》な顔を浮かべながらも彼は言葉を続けます。「ここはカラドリア遺跡。かつてこの地を統治《とうち》していたカラドリア族が住んでいた都市の跡《あと》だ」

「ほほう」メモしときましょう。「それでそれで？」

「今はご覧の通り塀だけの寂《さび》れた場所になっちまってるけど、このカラドリア遺跡の地下には彼らが密《ひそ》かに使っていた広場があってな、その奥には途方《とほう》もない量の財宝があるとされてるんだ。街の連中は誰も信じてないけどな」

「ふむふむ」

「だからオレはその逸話《いつわ》が本物だってことを証明するために日夜こうして穴を掘り続けて——って何でメモとってるんだお前！」

「私、この辺りの国の事情には疎《うと》いので。一応リサーチしておこうと思いまして」

何と勤勉《きんべん》なのでしょう。

とはいえ彼にはそんな私の姿もやはり怪《あや》しく映ったのでしょう。

「お前……さてはオレから得た情報をもとに財宝を探り当てるつもりだな！」

「全然そんなつもりなかったですけど」

「何て頭のいい奴なんだ……！」

「あなたが私よりも賢くないことだけはよくわかりました」

「だがお前のような盗賊に財宝を渡すものか！　そのままそこでじっとしてろよ！　オレが捕まえてやる！」

銃を握りしめたまま穴から這《は》い出た彼は、それから私がいる塀の上までよじ登ろうとしました。

「届かない……！」

…………。

「ふっ」

「鼻で笑うな！」

そこそこ背丈《せたけ》のありそうな彼でも塀までは届かなかったようです。結構高いところですからね。

私はその場でしゃがみつつ、「で？　どうやって捕まえるつもりなんですか？」と見下ろします。

「汚《きたな》いぞ盗賊！　降りてこい！」

「だから盗賊じゃないんですってば」

何度弁解《べんかい》すればいいのでしょうか。

その場で呆《あき》れ返る私。

「降りるつもりがないなら……アレを使うしかないようだな……！」

一方で彼は一呼吸置いたのちに、銃をしまい、自《みずか》らの右手を握りしめます。

嵌《は》められているのは黒のガントレット。

それが一体何なのですか？

私がぼーっと眺める最中、彼は拳を引き絞り、そして私が座っている塀を思いっきり殴《なぐ》りつけました。

「オラァ！」

ただのガントレットではなかったようです。

おそらくは魔力を付与された武器の類《たぐい》でしょう――青白く光り輝いた彼の拳は、たったの一撃で私が座る塀を貫《つらぬ》き、ばらばらに砕《くだ》いたのです。

「――っと」

崩《くず》れゆく塀からほうきに飛び移るのが少しでも遅れていたら、かすり傷の一つでも負わされていたかもしれません。危ないところでしたね。

ほうきでふわりと後退する私。

しかし彼の暴走は一撃だけでは終わりません。

「死んだじいちゃんが言ってたんだよ。盗賊相手に容赦《ようしゃ》はするなってな。覚悟《かくご》しろ！」

わざわざ距離を置いたというのに、彼は私の方へと距離を詰めてきたのです。

盗賊とやらによほど手を焼いているのか、それとも暑さのせいで正常な判断力を失っているのか。

どちらにせよ、私に対して理不尽《りふじん》な敵対心を抱いていることだけは明白でしょう。

「お話が通じないのであれば聞ける状態にしてあげましょうか」

私は杖《つえ》を手に取り彼を見下ろします。縄《なわ》でぐるぐる巻きにでもして差し上げればいいでしょうか。

それとも水でも浴《あ》びせればいいですか？

こんなところで無駄《むだ》に魔力を消費したくはなかったのですけれども、と嘆息《たんそく》しつつ、私は彼に杖を向けます。

私と名も知らぬ彼は、こうして灼熱《しゃくねつ》の砂漠の中で睨み合います。

「――ノクラ、例の盗賊団がまた街に現れたそうよ」

などと、冷めた声が間に割って入ってきたのはその時でした。

ノクラ、と呼ばれた彼の背後に女性が一人。

褐色《かっしょく》の肌に、金色のショートヘア。

歳の頃はおおよそ彼と同じく二十代半ば程度。白を基調とした薄手《うすで》の衣装の上から見てもスタイルはよく、凛《りん》とした瞳で彼を見つめる様子からは気の強そうな雰囲気《ふんいき》を感じます。

腕《うで》を組みながら彼女は呆れたように言いました。

「こんなところで骨董品《こっとうひん》を漁《あさ》ってないで、とっとと戻ったら？　また連中の仲間だと勘違《かんちが》いされたいの？」

その様子はさながら出来の悪い子どもを叱《しか》る母のよう。

お二人の関係はよくわかりませんが、親しい間柄《あいだがら》なのでしょう——少なくとも、直前まで無茶苦茶《むちゃくちゃ》な勘違いの末に暴走していた彼は、彼女の言葉を聞いた途端《とたん》にぴたりと止まり。

その上で私に尋ねました。

「……あんた誰？」

少々気まずそうなお顔で尋ねました。

言われてみればまだ自己紹介はしていませんでしたね。

私はシンプルに答えました。

「旅人です」

◯

「ご、ごめんなさいっ！　旅人さん——えっと、イレイナさん！　瓦礫《がれき》とか当たったりしてない？怪我《けが》はない？」

慌《あわ》てふためく彼女の名はキリカ。

軽く自己紹介して勘違いが解けた途端に彼女は私の手を取り、服についた埃《ほこり》を払い、怪我《けが》と汚れがついていないかをじっくり確認しました。

「いえ、あの、そこまで心配するほどのことではないですけど……」直前で止めてもらえたわけですし。

「ダメ。若いのに身体に傷《きず》がついたりしたら大変じゃない」

「そ、そうですか……」

キリカさんの背後にはお腹《なか》を押さえて丸まっているノクラさんの姿がありました。

うっかりただの旅人である私を盗賊扱《あつか》いした上に歴史的建造物を破壊したことへの制裁としてキリカさんから腹部に一発頂戴《ちょうだい》した結果でした。

どうやらお二人は幼馴染《おさななじみ》の関係にあるそうです。

彼女は少々うんざりした表情で教えてくれました。

「ごめんなさいね。いつも変なことしないように見張ってるんだけど……、あいつ馬鹿《ばか》だからどうしても制御《せいぎょ》しきれなくて」

「いえいえ」

首を振る私。

戦闘になる前に止めてもらえただけでも感謝すべきでしょう。私としてもただ元気が有り余っているだけの方に危害を加える結果とならなくて安堵《あんど》しているところです。

「ところで旅人ってことはさ、もしかして今からうちの国に来るつもりだったの？」

うちの国。

「どちらのことです？」

「『砂《すな》のヴォルデン』」

言いながら彼女が指差すのは、私がちょうどほうきで進んでいた方角。「この辺りで一番大きい……というか唯一《ゆいいつ》の国。旅人なら今夜はうちの国で寝泊まりする予定だったんじゃない？」

まったくもってその通り。

「ええ」と私が頷くと、彼女は「やっぱり！」と手を叩《たた》きます。

「じゃあ折角《せっかく》だし、国まで送ってあげよっか？」

「え、いいんですか？」魔力を浪費《ろうひ》する必要がなくなり私としては大助かりですけれども。

「もちろん！　非礼《ひれい》には正当な対価を支払うべきだもの」

言いながら彼女はちらりと背後を振り返り。

「それに、そこの馬鹿も連れて行く予定だったし」

少しだけ表情を和《やわ》らげながら、言いました。


「納得《なっとく》いかねえ」

私たち三人を荷台に乗せたラクダが『砂のヴォルデン』までのんびりと歩いている最中に、ノクラさんは腕を組みながらむむむと私を睨みました。

納得いかないと言われましても。

「何がです？」

「たしかにいきなり殴《なぐ》りかかったのは悪いけど、あんたもなかなか怪しいぜ。ここらじゃ魔法使いなんてまず見ねえんだから。オレだって警戒《けいかい》くらいするよ」

「そうなんですか？」

隣《となり》に座るキリカさんに問いかける私。

彼女は頷きました。

「ええ。魔法使いなんてずっと前からうちの国には住んでないもの。……結構前に旅の魔法使いさんから聞いたんだけど、砂漠だと魔法、うまく使えなくなるんでしょ？」

「…………」

私は頷く代わりにこくりこくりとお水を飲みました。

魔法使いたちが扱う力の源である魔力は主に木々や草花から溢れ出るもの。ゆえに魔力が満ちている森の中で魔法使いは強い力を発揮しやすく、言い換えるならばろくな木々も草も生えていない砂漠では力を発揮しづらい上に、油断すればすぐに魔力が枯渇《こかつ》してしまうのです。

「だからこれで魔力を定期的に補給しているんです」

中身が少し減ったボトルを揺《ゆ》らしながら私は言います。

魔力が込められたお水——特に名前はありませんが魔力水としておきましょうか。砂漠に入る前に準備しておいたのです。「私も旅人の端《はし》くれですし、一応、砂漠がどんな場所かは理解した上で旅はしていますよ」

ちなみに予備もいっぱいありますよー、と私はバッグの中をお二人に見せて差し上げました。魔力水がたっぷり込められたボトルが五、六本。

　これだけあれば十分でしょう。

あてもなく旅をする中で砂漠を渡る必要に迫られた際はこうして備えを用意しているのです。

どうですかと胸《むね》を張る私。

しかし不思議なことに二人は顔を見合わせました。

「その様子だとうちの国がどんなところなのかまでは知らなかったみたいね」

苦笑《くしょう》するのはキリカさん。

隣でノクラさんは「たしかに凄《すご》いけど」とため息をつきながら言いました。

「国に着いたらそのボトルはしまっといたほうがいいぜ」

「どうしてです？」

首をかしげる私。

彼はラクダが進む先へと目を向けます。

「着けばわかるさ」

『砂のヴォルデン』は既《すで》に目前まで迫っていました。


国の門を通った先に見えたのは砂色のレンガに満ちた街でした。

美しい景観《けいかん》のために色を統一しているというよりは、単純に生活様式に合った建物の形が同じような色と形をなしたのでしょう。四角い建物は乱雑《らんざつ》に配置されており、入り組んだ道の上をラクダは進みます。

「はいっ！　それではイレイナさん、向かって左側をご覧ください」

荷台の中でぼんやり座る私。気分は観光客のよう。

キリカさんは大袈裟《おおげさ》に手を広げつつ案内人のように街を紹介してくれました。

「そこに見えるのがうちの国で有名なレストラン！　いつも行列ができてるのよ」

「なるほど」私は見たままの感想をそれから述べました。「がらがらですね」

「ちょっと今は時間帯が悪いから……」

いま昼間ですけど……？　という疑問をよそに彼女はそれから「じゃあ右手にご注目！」と荷台の中でくるりと移動。

「あちらに見えるのがうちの国でもそこそこ大きめの商店！　日用雑貨から果物《くだもの》、野菜までありとあらゆる物を取り揃《そろ》えていてね、みんなそこでお買い物するのよ」

「なるほど」

と頷きながらも私は視線の先にある光景に少々違和感を覚えました。「……物の売買も請《う》け負《お》っているんですか？」

お店へと入ってゆく人々の多くは背中に大きな籠《かご》を背負《せお》っておりました。それだけならば何ら不思議はないのですけれども、

「皆さんたくさん荷物を抱えてお店に入っているみたいですけど」

入店前から既に籠の中がいっぱいになっている方が多数見られたのです。他のお店と梯子《はしご》してい

るのでしょうか？　それとも物を売りにきたのでしょうか？

私の頭に浮かんだ疑問に首を振ったのはノクラさんでした。

「うちの国の基本原則は物々交換《ぶつぶつこうかん》なんだ。だからみんな商店に集まって、別の物を買い取ってる」

「そういうことですか……」

予想は大外れですね。

「ちなみに交換されてる物の中でも水は特に重宝《ちょうほう》されてるぜ。政府に管理されてるおかげで毎月、決まった量が個人に行き渡るからな」

大した量じゃねえけど、と肩《かた》をすくめるノクラさん。

この国において物——特に水はお金と似たような価値を付与されているということでしょうか。ならばボトルを掲《かか》げて歩くことはお金をぶら下げることと同義。

入国前にボトルをしまうよう忠告されたのも納得というものでしょう。

ところで。

「この国では貨幣《かへい》や紙幣《しへい》は行き渡ってないということですか？」

「一応、水の引換券《ひきかえけん》がお金みたいに扱われてることもあるわよ」私に首を振りながらキリカさんは語ります。「といっても引換券で手に入る水の量は結構多いから、宝石《ほうせき》や貴金属《ききんぞく》みたいな高い物と交換されることが多いけど」

「なるほどぉ……」

つまり引換券を持っているような余裕《よゆう》のある人は身軽で、一般的な住民は重い荷物を背負って物を買わねばならない、ということですか。

どこの国でも見かける様な格差《かくさ》。

それを踏まえた上で私は商店を指差し尋ねます。

「先ほどからお店の前で果物《くだもの》をたくさん籠に詰めている人がいるんですけど、あの方は引換券と交換するつもり、ということですか」

「多分そうね」

むん、と頷くキリカさん。

直後に男性は走って逃げ出しました。店から飛び出してきた店主さんが後を追います。

「泥棒《どろぼう》だったわ」

「そうみたいですね」

ひょっとしてこの国ってちょっと治安悪いんですか？

じろりと目を細める私。

彼女はほんの少し居心地《いごこち》が悪そうにしながら、「ちなみにああいう奴を取り締まっているのがあそこの人たちよ」と指差します。

道の先。

そこには一際《ひときわ》大きな建物が聳《そび》え立っています。

「あれは国の中央政庁《ちゅうおうせいちょう》。主に犯罪の取り締まりや水などの資源の管理、外交に至るまですべてを管理している役所ね」

最近はこの辺りに盗賊団が出てきたせいで少し忙しいみたい、と肩をすくめました。お二人の様子から察するに盗賊団はまだ捕まってすらいないのでしょう。

「あんたも政府に睨まれたくなければしばらくは大人しくしときなさいよ」

腰《こし》に手を当てながら、ノクラさんを睨むキリカさん。

彼は面白くなさそうに顔を背《そむ》けました。

「政府が怖くて探検家なんてできるかよ。お前がいくら止めたところでオレは今後も遺跡の探索は続けるからな」

「いじっぱり」

「ほっとけ」

「で、また盗賊団の仲間扱いされたいわけ？」

「…………」

また、と言うからには以前もあったことなのでしょうか。

二人の様子を眺めながら首をかしげる私。後ほどキリカさんは簡単に説明してくれました。

曰《いわ》く、今より二、三ヶ月ほど前のこと。

身に纏《まと》う服のすべてが黒。深くフードを被《かぶ》っているため顔も見えない。そんな不思議な格好《かっこう》をした一団《いちだん》が街に現れたのだといいます。

彼らは街の富裕層《ふゆうそう》の家を次々と襲《おそ》い、大量の水を盗んで回るようになったのだといいます。水が高値で取引されているこの国独自の価値観をよく理解した犯行。おそらくはこの国の貧困層《ひんこんそう》が徒党《ととう》を組んで盗賊団となって活動しているのではないかと政府は見ているといいます。

「その盗賊団のアジトとして使われてるのがカラドリア遺跡ってわけ」

呆れた様子で語るキリカさん。盗賊団が遺跡へと姿を消してゆく姿をこれまで何度も街の住民が目にしていました。「誰も興味を持っていないような寂《さび》れた遺跡は身を隠すのには最適だしね」

「なるほど」概《おおむ》ね話が見えてきました。「それで、遺跡の発掘をしていたノクラさんが盗賊の仲間と勘違いされたんですか」

「そゆこと」

ため息をつくキリカさん。「だからあたしは止《や》めろって前から言ってんのよ。何度か捕まりかけてるのよ、こいつ」

それでも止める気はないのでしょう。

「納得いかねえよな」

むしろ何らかの意地《いじ》があるのかもしれません。

彼は腕を組みつつ憤慨《ふんがい》していました。

「大体さ、おかしな話だと思わねえ？　何で後からやってきた変な連中のために遺跡の発掘を止めなきゃいけないんだよ」

「私に言われましても……」

同意求めないでください……。

「むしろ盗賊団ってのは表向きの顔で、本当の狙いはオレと同じくカラドリア遺跡の地下に広がる祭壇《さいだん》なんじゃないかって睨んでるくらいだよ」

「だからそんなのないってば。バカなの？」

「ある！」

「根拠《こんきょ》は？」

「死んだ爺《じい》ちゃんが言ってた」

「はいはい。いつものやつね」

「適当に流すな！」

「あればいいわねー。財宝」

「……もしもオレが財宝見つけてもお前には分け前やらねえからな！」

「ありえない未来の話してて虚《むな》しくならないの？」

「む、ムカつく奴……！」

ぬぬぬとお怒りのノクラさん。

一方でキリカさんも頰《ほお》を膨《ふく》らませながらよそを向きます。

まるで親友同士の至らないじゃれ合いを見せつけられているような気分でした。

お熱くなるのもわかりますけれども、一応、客人のようなものが同じ荷台に乗っていることは忘れないでいただきたいですね。

「街のご案内はこの辺りでおしまいですか？」

こほん、と咳払《せきばら》いしつつ語る私。

キリカさんの頬がぱっと元に戻りました。

「あ、ごめんごめん！　忘れてたわ」

「はいはい」

構いませんよ、と苦笑する私。

それからキリカさんは、最初と同じように大袈裟な身振りを交えて語ります。

「向かって右側をご覧ください！」

キリカさんが指差すのは古びたお店。

「ここは鑑定屋《かんていや》。宝石や貴金属の価値を判定して、水の引換券と交換するお店よ。主に富裕層相手の商売をしてる店で、そこそこ儲《もう》かってるの」

ラクダが立ち止まったのはちょうどその時。

荷台から勢いよく飛び降りて、キリカさんは言いました。

「そしてあたしの店でもある」

鑑定屋キリカ。

それが彼女の営《いとな》む店の名だといいます。

○

店主である彼女が自称《じしょう》する通り、鑑定屋キリカはそこそこ繁盛《はんじょう》しているお店のようです。

彼女がお店に戻るなり、お店の前で待っていたお客様数名が店の中に雪崩《なだれ》込み、彼女に鑑定を依頼しました。

「やあ待ってたよキリカちゃん」「私の宝石、引換券と変えてちょうだい！」「今回は特別な宝石を持ってきたんだが、どうかな」

顧客《こきゃく》は誰もが見るからにお金持ち。上等な服を着ており、大半が壮年《そうねん》。恰幅《かっぷく》のいい使用人数名を従え、威圧《いあつ》するかのようにキリカさんの座るカウンターを囲います。

「はいはい。順番に見てあげるから、待ってて」

彼女にとっては慣れたことだったようです。

鬱陶《うっとう》しそうに使用人たちを手で払ったのちに、カウンターに置かれた宝石類や貴金属を一つひとつじっと観察します。

はい次。

「はあ？　何よこれ。偽物《にせもの》じゃないの。こんなの買い取れないわよ」

はい次。

「これなら前も買い取ったから引換券一枚ね。どうする？　交換する？　え、少ない？　じゃあ買い取ってあげないっ」

はい次。

お金持ちを次々あっさり手で払うキリカさん。

三人目は顧客の中で一際《ひときわ》お若い茶髪《ちゃぱつ》の男性でした。見かけは三十代半ば程度。「よろしく頼むよ」とはにかみながら、小さな白い宝石を置きました。

「珍《めずら》しいもの持ってきたわね、ライゼルさん」慎重《しんちょう》に手に取るキリカさん。

お名前を知ってるようですし常連《じょうれん》なのでしょう。彼はゆっくりと頷《うなず》きながら、

「うちにある秘蔵《ひぞう》の宝石だよ」と語ります。

「そ。……まあこれなら引換券五枚ってところかしら」

あっさりと宝石の価格を査定《さてい》してみせるキリカさん。ライゼルさんと呼ばれた男性は露骨《ろこつ》に顔をしかめました。

「おっとおっと。以前よりも引換券が少なくないかい、キリカちゃん」

「物価高騰《ぶっかこうとう》でどこも苦しいのよ。わがまま言わないで。で、どうする？」

「ううむ……、もう少しなんとかならないかなぁ」

「無理ね。はい次——」

「わ、わかったわかった！　じゃあ引換券五枚でいいから！」

有無《うむ》を言わせない交渉術でキリカさんは次から次へと顧客を捌《さば》いておりました。

いかなる顧客であろうと平等に扱う信念があるのでしょう。

「凄いですねえ……」

お仕事をする彼女をお店の外から眺《なが》めながら、私はふむふむ頷きました。私のような一見《いちげん》の旅人からすればあのような商売人さんは信頼できますね。

「あいつは昔からあんな感じだよ」

お店の前で荷車《にぐるま》から荷物を降ろすノクラさん。慣れた手つきで一つひとつ店内に運び込んでいま

した。「あいつにとっては物の価値が最優先。所有者が誰なのかは問題じゃねえんだとさ」

「そうなんですか」

さすがは旧知《きゅうち》の仲《なか》。よくご存じで。

というか。

「あなたこの店の従業員だったんですね」

「うるせー！」

何だか自然な流れで普通にお仕事をしていますけれども。

「な、成り行きでこうなってんだよ」

「どんな成り行きですか」

尋ねる私。

彼は「むむ……」としばし言葉にならない言葉で唸《うな》ったのちに、肩を落としました。

「……元々、あいつとは腐《くさ》れ縁《えん》なんだよ。オレは別に探検家だけで食っていくつもりだったんだけど、店を手伝えって言って聞かなくてさ。だから副業としてこの店で働いてんだ」

「へえ」

要は成り行きという言葉はただの照《て》れ隠《かく》しということですね。「ちなみに収入はどのくらいなんです？」

「どっちの？」

「探検家のほうですけど」

「ゼロだけど」

「なるほどぉ……」

副業という言葉の概念《がいねん》をぶっ壊してきましたね。

「そう言うあんたこそどうなんだよ」

「あんたではなくイレイナです」

「……イレイナはどうなんだ？」

尋ねる彼の視線は私の手元に注がれておりました。「さっきからオレと一緒《いっしょ》に作業してるみてぇだけど」

まあ何ということでしょう。

私の手には軽めのお荷物ひとつ。いつの間にやらノクラさんと同じことをしていたのです。

「あら不思議」

苦笑しながら肩をすくめる私。視線の先には尚《なお》も店内でお仕事をしているキリカさんの姿がひとつ。

実のところ、彼女とこっそり交わした約束が一つあるのです。

それは私たちがこの店に着いた直後のこと。

「――ねえ、ねえ、ちょっと待ってイレイナさん」

キリカさんは私のローブをつまみながら、こっそりと私に声をかけてきたのです。「あの、これから予定とかって何かある？」

予定ですか？

「別にないですけど」

旅人はさほど予定が詰まっていないことが長所ですし、『砂のヴォルデン』に着いてからは一人でのんびり観光でもしようと思っていたところですけれども。

「そ、そうなんだ……」

目の前のキリカさんは少々奇妙《きみょう》な様子でした。

ノクラさんと会話していたときほどの気の強さはなく、どころか少し恥《は》ずかしそうに頰を染めています。

何です？

言葉を待つ私に、彼女はこっそり言いました。

「あのさ……もしも暇《ひま》なら、うちの店でちょっとの間働いてくれない？」

「人手が足りないんですか？」

「足りないというか……」

言い淀《よど》む彼女の視線は、ノクラさんに注がれていました。「あたしの代わりにあいつのこと監視《かんし》してもらえない？　今日見ててわかったでしょ？　あいつ底抜《そこぬ》けのバカなのよ」

普段はお店にいないといけないから、ノクラさんの動向を見守ることができないのだと彼女は語ります。「また旅人さんを襲ったりしたら大変だし……、また盗賊団の仲間に間違えられたりしたらもっと大変だし……、あいつが暴走しないように目を光らせていてほしいのよ」

だから自身の代わりに私を傍《そば》に置いておきたいということなのでしょう。

給料も出すし、働いてくれるなら宿の代わりにあたしの家に泊まってもいいから、と彼女は後から次々条件を追加します。

なるほどなるほど。

私は頷きました。

「彼が心配なんですね」

「！　そんなんじゃないから！」

顔を真《ま》っ赤《か》にして否定するキリカさん。言葉よりも顔色が彼女の想いを饒舌《じょうぜつ》に語っているように見えました。


斯様《かよう》な流れを経て私は結局、彼女のお願いを聞き入れることにしました。

国まで送ってもらった礼もありますし、何より、お金持ちの方々との繋《つな》がりもあるようですし、仲良くしておいて損はないでしょう。

だから私はノクラさんに語るのです。

「ま、成り行きですかね」

苦笑で彼は応えます。

「あんたも大概《たいがい》テキトーだな」

「イレイナです」

○

それから私はカラドリア遺跡と『砂のヴォルデン』を毎日のように往復する日々を送ることになりました。

「じゃ、行くぜイレイナ！」

「はいはい」

朝からお元気なノクラさんをほうきに括《くく》りつけた荷台に乗せて送迎し、

「オラァ！」

「わーすごい」

それから現場で発掘するノクラさんをぼけーっと眺めたり、もしくは少し手伝ってあげたり、

「今日もお水が美味《おい》しいですね……」

あるいは暑い日差しを眺めて魔力水を飲んでいたり。地面に絵を描いたり、暇を持て余したり、

その辺を散歩したり。

「とっても忙しいですね……」

「遊んでるだけじゃねえか！」

穴の下からノクラさんが声を荒《あら》らげておりました。

覗《のぞ》き込む私。

「進捗《しんちょく》どうですか？」

「悪くねえよ。手伝いがあれば尚《なお》いいけどな！」

と言われましても。

遺跡の発掘のお手伝いまでは命じられていませんし。

「そもそも砂漠では魔力を温存しなければならないのでお手伝いできることもないんですよ」

少なくとも帰りのぶんの魔力は残しておきたいものです。「徒歩《とほ》で帰る羽目《はめ》になってもいいというのならばお手伝いしますけど」

「ぐぬぬ……」

スコップで穴を掘りながらも唸《うな》るノクラさん。

「そもそも人力で地道に穴を掘る必要あるんですか？　先日はガントレットで塀を破壊してたじゃないですか」

ああいうので思いっきり地面に衝撃波を加えたりとか――そういうことできないんですか？

「無理無理」

首を振りつつ、彼は尚も右手に装着してあるガントレットを見つめます。「こいつは大昔に爺ちゃんが使ってた武器でな、一回使うと三日は使えなくなるんだよ」

そして放つことができるのは一発限り。効率があまりよろしくない武具のようです。けれどつまり言い換えるならば昨日は塀を壊した時点でもう使用不可だったということですよね。

「あなた素手《すで》で私と戦おうとしてたんですか」

魔法使い相手に。空飛んでるのに。砂漠の中で、素手で。

「………………」

おそらく昨日は冷静ではなかったのでしょう。彼は気まずそうに目を逸らしました。「死んだ爺ちゃんが言ってた。男は時に無茶しなければならねえときがあるって……」

遺跡での穴掘りは毎日遅くまで続きました。

暇な時間に私は遺跡内をふらふらと歩き回ったりしてみたのですが、先日も見た通りに途中まで掘り進めた穴が多数残されています。

何度も試して、失敗してきたのでしょう。

彼が目指すのは地下遺跡。そのさらに奥に眠る途方もない量の財宝。

現時点では地下遺跡に辿《たど》り着くことすらできていないようです。けれど彼の表情に陰《かげ》はありません。穴から這い上がった彼は明るい表情で私に言います。

「成果は出なかったが大昔の遺品を掘り起こしたぜ」

ほれよ、と私の手に置くのは古びた置物。

多分カラドリア族が使ってた物だろ、と推測するノクラさん。そのような不思議な物は基本的にキリカさんのお店まで持ち込みます。

「なるほど」

掘り出した置物をカウンターに置くと、彼女はにこりと営業スマイルを浮かべます。

鑑定は一瞬《いっしゅん》で終わりました。

「イレイナさん、覚えといてね。うちの店の評価基準は上々、上、下の三段階なの」

「で、オレが採ってきたこれは？」

彼女は即答《そくとう》しました。

「下の下！」

「三段階って言ってたじゃん……」

基本的にお二人が顔を合わせるとよくわからない言い争いが勃発《ぼっぱつ》するのが常のようです。

たとえば街を歩きながらその日の夕食を決めるとき。

「ね、今日は何食べよっか？」

「オレは麺類《めんるい》」

「ちなみにあたしはお肉の気分なんだけど」

「…………」

「…………」

それからお二人は顔を突き合わせて「麺！」「肉！」「麺だろ！」「肉よ！」などとその辺の野良猫《のらねこ》同士の喧嘩《けんか》のようなやり取りを繰り返しました。

じゃあもう別々で食べればいいじゃないですか――。

などと私は眺めながら思うのですが空気を読んで折衷案《せっちゅうあん》をご提案。

「ここは間をとって両方食べるのはいかがです？」

「どう間をとったらそうなるんだよ」「悪いけど一番ないわ」

…………。

なんなんですか……？

そしてたとえばこんなこともありました。

「ちょっとノクラ！　あんたまた無駄遣《むだづか》いしたでしょ！」

ある日の午後、お店に戻ってきたノクラさんに対してキリカさんは頰を膨らませながら詰め寄りました。「その服、前は持ってなかったものでしょ。いつ買ったの？　何と交換したの？」ちゃんとした稼《かせ》ぎもないいんだから節約しなさい、と彼女は叱《しか》っておりました。お母さんのよう。

「うるせーなぁ。オレが何を買おうと好きにさせろよ」

一方で煙《けむ》たそうにしながらよそを向くノクラさんは反抗期真《はんこうきま》っ只中《ただなか》の少年のよう。

「雇い主に口答えしないの！」

「給料を何に使おうとオレの勝手だろ」

「あんたこの前もそんなこと言って余計な道具買ってたでしょ」

「うぐっ……！」

「ほんっと計画性がまったくないんだから。大体あんたはいつもいつもあたしが言っているのに何で――」

以降、キリカさんによるお説教《せっきょう》はそれからおおよそ三十分ほど続きました。

それでも不思議なのが乙女心《おとめごころ》。

彼女は決してノクラさんのことを嫌っているわけでも、鬱陶《うっとう》しく思っているわけでもないのです。

「ね、イレイナさん。今日は遺跡でどんなことがあったの？　教えて」

夜。

ベッドに腰掛けつつキリカさんは私に尋ねます。

初日に約束した通りに家を宿の代わりとして貸してくれている彼女は、自身の家の中――もとい私と二人きりの空間においては少々気が緩《ゆる》むようです。

期待に満ちた顔、ノクラさんの前ではあまり見せない表情でこちらを見つめています。

それでは僭越《せんえつ》ながら教えて差し上げましょう。

「そうですねえ――今日は基本的にいつも通りの一日でしたね。暑い日差しを眺めて魔力水を飲んだり、地面に絵を描いたり、暇を持て余したり、その辺を散歩したりしまし――」

「いやイレイナさんのことは聞いてないっての」

「………………」

沈黙《ちんもく》する私。

ノクラの様子教えてよ、と彼女は改めて言いました。まあ元々、彼の監視役として派遣されたわけですしね――私は簡潔明瞭《かんけつめいりょう》に丸一日見てきたノクラさんの様子を彼女に伝えて差し上げました。

それは言い換えるなら今日も成果はなしと同義。

「そっか……、今日もダメだったのね」

傍観者《ぼうかんしゃ》である私の代わりに彼女は肩を落としていました。

「彼の発掘に反対してるわけではないんですね」私たちが初めて会った日に彼の発掘をからかっていたような気がしますけれども。

私の指摘に彼女は眉尻《まゆじり》を下げました。

「……ノクラの家とは昔からの付き合いなのよ。うちのおじいちゃんもね、昔はノクラのおじいちゃんと二人で冒険家のコンビを組んでいたのよ」

二人の様子から幼い頃からの付き合いであることは感じていましたけれども。

ただの知り合いというわけではなかったようです——キリカさんは老年男性二人が肩を組んで笑みを浮かべている写真を私に見せてくれました。

一人は黒髪の探検家。ノクラさんのお爺さん。

そしてもう一人は褐色の肌と金色の髪の鑑定屋。キリカさんのお爺さんだそうです。

「二人は結構有名なコンビでね、あちこちの遺跡を調査しては数々の財宝を発掘してきたそうよ。そんな二人の姿は幼い頃のあたしにとっては憧《あこが》れの的だった。無論、ノクラにとってもね」

そして今、ノクラさんは探検家になる道を選んだ——ということなのでしょうけれども。

「キリカさんは探検家になる道を選ばなかったんですね」

「…………」俯《うつむ》き、写真を見つめながら彼女は語ります。「あたしとノクラのおじいちゃんたちが最後に訪れたのがカラドリア遺跡だった。カラドリア族が残した遺産が絶対に隠されているはずだって以前から仲間内でも度々話題になっていたから、『砂のヴォルデン』の皆も期待して二人の帰りを待ったわ」

「それで見つかったんですか」

しかし彼女は首を振りました。

「ううん、何も」

何一つ。

宝石の類も、貴金属も。

財宝と呼ぶべきものを——価値あるものを二人は何一つ持ち帰ってくることがなかったのだといいます。

「街の仲間たちは落胆《らくたん》したわ。二人でも見つけられないのならばきっとカラドリア遺跡の中は本当に空っぽなんだって思った」

そして時は経ち、カラドリア遺跡の存在と共に、二人の数々の功績もまた、忘れられていってしまったのでしょう。

今や遺跡に固執《こしつ》するのはノクラさんのみ。

やがてキリカさんは穏《おだ》やかな口調で言いました。

「あたしだってね、小さい頃の夢を叶えて生きることができたら、それは素晴《すば》らしいことだと思うの。けれど現実は理想と真逆《まぎゃく》。乾いた砂漠は水を次々浪費して、あたしたちは今日生きることでも精一杯。そんな国の中で夢を追うのは簡単なことじゃないわ」

「…………」

「誰にも興味を持たれないまま、埋もれてほしくない。あたしはノクラにそんな生き方をしてほしくない」

本音を言えばキリカさんも彼の活動を手放しで応援したいのでしょう。彼女の表情はもどかしい気持ちで溢《あふ》れていました。

まるで素直《すなお》な気持ちを打ち明けられない、いじらしい乙女のよう。

「彼のことが好きなんですね」

私は苦笑していました。

「！　は、はあ？　何でそうなるわけ？　ちゃんと話聞いてた？」

ええもちろん。

「ノクラさんに対する愛情たっぷりでしたね」

「何でそうなるのよ！」

まったくもう、と頬を染めながら目をつり上げるキリカさん。強く否定すればするほど本心が漏《も》れているように見えなくもありません。

「…………」

少々いたずら心が疼《うず》いてしまいますね。「ところで喉とか渇《かわ》いてないですか？」

「？　ええ、まあ……ちょっと」

突然の私の提案に対して怪訝《けげん》な表情を浮かべながらも彼女は頷きます。まあ砂漠地帯ですからね、寝る前も喉は渇くものでしょう。

「そうですか」私は笑顔で頷きながらお水を一杯ご用意してあげました。「はい、どうぞ」

「何か入ってないでしょうね……？」

「魔法使いを何だと思ってるんですか」

「あんまり会ったことないからよくわかんないわ」

そういえばこの国には魔法使いがいないと言っていましたね——魔力がろくに供給できなくなる環境下ですし当然といえば当然ですけれども。

私は肩をすくめました。

「心配しなくてもおかしなものは入れてないので大丈夫ですよ。安心してください」

「そう……？」

やがて疑いながらもゆっくりとお水を飲み干すキリカさん。私はグラスが空になったことを確認したのち再び尋ねました。

「彼のこと好きなんですか？」

彼女は「またその質問？」と呆れながら首を振り。

それからあっさりと言いました。

「好きよ」

おそらく口にした本人が一番驚いたことでしょう。「……！　うぇ？　あ、あたし今、何て……？」

顔はやがて真《ま》っ赤《か》に染まり、お口は何も語ることなくぱくぱくと開いたり閉じたりを繰り返し。

突然の出来事に頭の中が真っ白になっておられるのですね。

私は教えて差し上げました。

「実はそれ本音を語らせる水なんですよ」

自白剤《じはくざい》として使える代物ですね。以前訪れた国で見つけて、少し買っておいたのです。

彼女は当然のように怒りました。

「何も入れてないって言ったじゃない！」

「元々そういう効果の水なので何も入れてないのは事実ですよ」

「変な言い訳やめて！」

もー！　と私の肩をぽこぽこと叩くキリカさん。

私と彼女、二人だけで過ごす夜はいつもそうして更《ふ》けていきました。


お互い素直じゃないだけで、きっとノクラさんも彼女に対しては特別な感情を抱いているのでしょう。

日中行動を共にしているだけの私から見ても、彼が内に秘めている想いは筒抜《つつぬ》けでした。

「キリカちゃん。もうちょっと高値で買い取ってくれてもいいんじゃないか？」

「ダメダメ。買い取り額は上げてあげないから」

たとえば私たちが作業をしている真横でキリカさんとお金持ちのライゼルさんがお話をしているとき。ノクラさんの視線はいつもよりもどことなく険《けわ》しさを増すのです。

「うちも例の盗賊団に入られたせいで近頃は結構厳しいんだ。なあ頼むよ」

「引換券がもっと欲しいなら相応の対価を貰えないと話になんないわ」

「相応の対価か……じゃあこういうのはどうだろう？」気づけばライゼルさんの手がキリカさんへと伸びていました。

「ちょっと。手を握らないでくれる？　対価ってそういうのじゃないから」

「僕と個人的に仲良くすればもっといい思いができるとは思わないかい」

「はいはい。で、どうすんの？　今日は宝石、売るの？」

呆れたようにキリカさんは首を振っていました。

おそらくは今日初めて口説かれたわけではないのでしょう。明らかにあしらい慣れているご様子。

しかしながらノクラさんにとっては我慢《がまん》ならないものなのかもしれません。

お二人を眺《なが》めながらノクラさんは硬直していました。

「はあ……？　何だあの男……。キリカに気安く触るんじゃねえよ……」

硬直というか普通にめちゃくちゃお怒りでした。

わあ大変。

「大丈夫ですかノクラさん」

ぽむ、と肩を叩く私。

彼の表情は途端に元に戻りました。はっとしながら、

「え？　あ、ああ、大丈夫、大丈夫」

「そうですか」

私は彼の手元を眺めながら言いました。「抱えてる箱は大丈夫じゃなさそうですけど」

「え」

お荷物を運んでる最中でライゼルさんがキリカさんを口説いたせいでしょうか。

彼が抱えていた箱は普通に砕けておりました。

ちなみに中身は貴重なお水。

「ちょっとおおおお！　何やってんのよノクラあああああ！」

従業員の粗相《そそう》に店主さまからの怒号《どごう》が飛んだのは言うまでもありません。

とはいえ他の男に口説《くど》かれている場面を見ただけで、怒りで我を失うくらいなのですから、ノクラさんもまた彼女のことが好きで好きで仕方ないのでしょう。

相思相愛《そうしそうあい》ですね。

「はあ？　俺がキリカのことを？　好きなわけねえだろ！」

にもかかわらず、彼はスコップを一心不乱《いっしんふらん》に振るいながら自身の思いを否定するのです。

それはいつものように私と彼の二人で遺跡まで足を運んだ日のことでした。

「またまたご冗談《じょうだん》を。本当のところどうなんです？」私は穴の上から彼を見下ろしながら、暇つぶし程度に尋ねておりました。「告白とかしないんですか？」

それはまるで恋バナが大好きなお年頃の女子のよう。

毎日泊めてくれているお礼もありますし、キリカさんの想いが成就《じょうじゅ》するようご協力しようと思ったのです。好きでもない男性から毎日のように言い寄られたり手を握られたりする現状も、彼女としては面倒《めんどう》この上ない話でしょうし。

「…………」

しかし私の言葉にノクラさんは短くため息をつきました。「……仮によ、オレがキリカのことを好きだったとして、こんな状況で告白してうまくいくと思うか?」

ざり、ざり、とスコップを振るいながら、尚も穴を掘り続けるノクラさん。

成果はまだ、出ていません。

闇雲《やみくも》にただ毎日掘っているだけのように見えて、彼にも思うところはあるのでしょう。

「あいつは鑑定屋として毎日のように利益を出しまくってる横で、オレは何も持ってない。こんな状況で対等な相手として隣に立つ資格なんてないだろ」

「…………」

「しかも昔のよしみで雇用してもらってる身だしな」

「おじいさん同士が知り合いだったんですよね」

穴を掘る彼の手がぴたりと止まります。

「あいつから聞いたのか?」そしてこちらを見上げるノクラさん。

私は頷きました。

「たいそう有名なお二人だったと聞きました」

「……まあ、そうだな。もう誰も覚えちゃいないけど」

汗を拭《ぬぐ》うノクラさん。「特にキリカの爺ちゃんは凄い人だったらしいぜ。このガントレットも元々はあいつの爺ちゃんが作ってうちの爺ちゃんにくれたものだったらしいし。かなり手先が器用だったんだな。ちょっと前に亡くなってるけど」

彼の腕に今も装着されているガントレット。

三日に一発だけなら強力な力を発揮させることができる世にも奇妙《きみょう》な道具。その動力として利用されているのは魔力。キリカさんは魔法使いの家系なのでしょう。

「……？」

私はおやおや、と首をかしげていました。

思い出すのはこの国に来た直後に彼女が語った言葉。

――魔法使いなんてずっと前からうちの国には住んでないもの。

そして魔法使いを何だと思ってるんですかと私が先日尋ねたときに答えた言葉。

――あんまり会ったことないからよくわかんないわ。

脳裏《のうり》に浮かび上がった彼女の表情に嘘偽《うそいつわ》りはなく、お爺さんが魔法使いであったことはおろか、自身がその家系であることも知らないような雰囲気《ふんいき》すら感じます。

一体どういうことでしょう？

「？　何だよ」私と同じくノクラさんが首をかしげました。

「……いえ」

首を振りつつ、私は言います。「キリカさんからお爺さんの話を詳しく聞いてなかったので少し驚いただけです」

「ああ何だ。そんなことかよ」肩をすくめるノクラさん。「あいつはお爺さんと違って探検をせずに国で慎《つつ》ましく暮らすことを選んだからな。身内の話も探検話もあまり触れたくないんだろうよ」

「………………」

そうでしょうか?

「ちなみにオレは身内の自慢話と探検話が大好物だ」

「そのご様子ですね」

「聞きたいか?」

「話したいですか?」

とはいえ私から聞き直すまでもないことでしょう。

作業の手を止めてお喋《しゃべ》りをしていた彼は、いつの間にか梯子《はしご》で這い上がり、穴の縁《ふち》――ちょうど私が座っているところの傍に腰を下ろしていました。

「うちの国の連中は誰もオレの爺ちゃんの話に興味がねえからな」

聞き手がいるこの状況は彼にとっては貴重な機会なのでしょう。子どものように目を輝かせながら前のめりになっていました。

「ちなみにこの話を聞くとお前も探検がしたくてたまらない身体になるぞ」

わあ大変。

「やっぱり聞くのやめてもいいですか?」

「それはダメだ」

ふっふっふ、と悪人のような表情を浮かべながら、彼は語りました。「そしてお前も明日からは遺跡の探索を手伝うことになるのさ……！」

「じゃあとりあえず今日中に財宝が見つかることを祈っておきますね」

肩をすくめてみせる私。

そうして彼が語り出したのは、遥か昔から今に連なる物語。

かつてこの遺跡を治めたカラドリア族と、彼のお爺さんの物語でした。


支配をするために最も効率的な方法は何でしょう。

かつてのカラドリア族は、他者が求めるものを独占すればよいと考えたのかもしれません。

大昔の話。

砂漠を渡る男性に、とある女性が声をかけてきました。

「喉が渇いていませんか？」

男性は喜びながら頷きました。ちょうど水を切らしたところだったのです。

しかし当然ながら水も無償《むしょう》ではありません。

女性は水の代わりに、男性が持っていた本を求めました。とっくに読み終えたものだったため、男性はあっさり手渡しました。

仲間たちの元へと戻った男性は、砂漠の真ん中で出会った不思議な女性の話を仲間に語りました。

明日生きるための水の補給すら難しい砂漠の中で、要らないものと水を交換してくれる者など果たして本当に存在するのでしょうか？

後日、仲間たちは男性が通った道を半信半疑《はんしんはんぎ》で辿ってみました。

その日も女性は砂漠の真ん中に立っていました。

「喉が渇いていませんか？」

そして対価を求めました。

それはたとえば食料であったり、衣類であったり、彼らがたまたま持っていた物を対価として求めたそうです。

尚も『砂のヴォルデン』においては貨幣《かへい》は意味をなさず、物々交換が主流となっているのは当時の名残《なごり》もあるのでしょう――女性は水を求める人すべてに交換物を求めました。

しかし言い換えるのであれば、手に持っている物さえ渡せば水を恵んでくれるということでもあります。

ゆえに女性の噂はあっという間に砂漠中に広がり、当然ながら水を求める者は後を絶たず、やがて一人、また一人と民が移り住んでいき、やがてひとつの小さな街が出来上がりました。

水を与えてくれる不思議な人物は、その頃から少しずつ変わっていきました。

ある日は初老の男性。ある日は少年、またあるときは中年女性。おおよそ数十名からなる不思議な民族は、いつもどこからともなく現れては水を与えて消えていきます。

一体どのようにして水を生み出しているのでしょう？　誰かが言いました。きっと神聖な力を持っている一族なのだと。

人々は彼らを崇《あが》め、敬《うやま》いました。

水を生み出す彼らを人はカラドリア族と呼ぶようになりました。

住民たちの生活は極めて穏やかだったそうです。

カラドリア族は住民に対して、命令を下すこともなければ権力を振るうこともありません。いつでも街に現れれば水と物の交換をしてくれました。

その地に住む住民に対して彼らが求めたことはひとつだけ。

「決して我々の住居に足を踏み入れないこと」

カラドリア族を尾行《びこう》し、彼らの住居まで足を踏み入れる者がいた場合、水の供給を即刻停止《そっこくていし》すると宣言しました。

住民たちにとっては水さえ手に入ればどうでもいい話です。

カラドリア族との掟《おきて》を破る者などどこにもおらず、彼らは互いを尊重し合っていました。

そうして月日は流れ、人が集まり、またさらに集まり、やがて街は大いに繁栄しました。

そして膨れ上がった街を眺めながらカラドリア族の女性は笑いました。

「此度《このたび》より水の価値を引き上げます」

今まではたまたま手に持っているような安価な物と交換をするだけで水を与えてくれていました。

しかしカラドリア族は、その日を境に、価値ある食料、果実、あるいは衣類ないし貴金属、宝石類を求めるようになったのです。

突然の出来事に驚く住民たちに、カラドリア族は「水の供給が間に合わないのです」と説明しました。住民が増えすぎたことで、生み出せなくなってしまったのだといいます。

人々の生活は当然ながら苦しくなりました。

しかし彼らのもとを離れる民衆はほとんどいませんでした。簡単に水が手に入る生活に慣れていた彼らは、砂漠で生きる術《すべ》を見失ってしまっていたのです。

だから不平不満を漏らしながらも高くなった水を求めました。

厳しい環境で生きるよりはマシなのだと自身に言い聞かせました。苦しい日々は街の治安を悪化させました。人々は水を取り合い、資源を奪い合い、そして時には人が亡くなることすらありました。

住民たちは、不信感を募《つの》らせていきました。

依然《いぜん》としてカラドリア族はどこからともなくふらりと現れ、そのまま帰ってゆくような生活を送っており、その顔に苦しみは見えません。

渇《かわ》きに苦しんでいるのは、住民だけ。

水は本当に少ないのでしょうか？

そもそも、彼らは一体どのようにして水を調達しているのでしょうか――街の住民たちは首をかしげ、疑問を抱きました。

やがて勇気ある一人の青年が、カラドリア族との掟を破りました。

一族の後をつけ、地下まで忍び込んだのです。

青年はそこで信じられないものを目にしたといいます。

「――なんとカラドリア族は街の地下に住居を構えておってな、そこにとんでもない量の財宝と水を隠し持っておったんじゃ！」

鼻息荒くしながら語るのは初老の男性。

そして冒険を夢見る少年のように目を輝かせる彼の前には、同じく目を輝かせる幼い少年の姿がひとつ。

「すげー！」

幼い頃のノクラさんです。

遺跡にまつわる逸話《いつわ》は『砂のヴォルデン』においてはとても有名な物語でした。

「カラドリア族は人々から奪った食べ物や宝石で贅沢《ぜいたく》な暮らしをしておったのじゃ。まったく許せん話じゃな」

神聖な力などただの嘘。

実際には地下に蓄《たくわ》えられた水を小出しにして人々を奴隷《どれい》のように扱っていただけだったのです。

ゆえに青年を筆頭《ひっとう》に街の人々は水のために立ち上がり、全面戦争に挑みました。数で圧倒する街の人々。

カラドリア族には彼らを退けるほどの神聖な力もありません。逃げ場を失ったカラドリア族は、地下ごと心中《しんじゅう》する道を選びました。

独占していた水を住民に与えるつもりはなかったのでしょう――襲いかかる住民たちを前に、彼らは地下の住居もろとも爆死する道を選んだのです。

結果として、カラドリア族は滅び、戦いは住民側の勝利に終わりました。

しかし得られる物は何もありませんでした。地下に通じる穴はぐずぐずに崩れ、集めた財宝はすべて壊れ、水も得られなくなってしまったのです。

人々はそれから新たな居住地を求めて旅立ち、そうして『砂のヴォルデン』に集まったのだといいます。

「そして以前のようなことを起こさぬよう、わしらは水を大事に使うようになったのじゃ」

要は皆で仲良く水を分け合いましょうという教訓が得られる物語。『砂のヴォルデン』においては自らの子どもに水の大切さを説《と》くためによく用いていたそうです。

「――じゃがな、ノクラ」

しかし彼の祖父は冒険家。

彼がカラドリア遺跡にまつわる昔話を語った理由は、単なる教育のためではありませんでした。

「歴史物語はいつもほんの少しの真実がこぼれ落ちているのじゃ……」

にやりと笑みを浮かべながら、ノクラさんのお爺さんは語りました。「わしの見立てでは、例の遺跡には途方もない財宝がまだ眠っておるはずじゃ。カラドリア族が息絶えた際に財宝もなくなったとされておるが、おそらくそれはでたらめ。地下を掘っていけば、いずれ途方もない量の財宝を見つけることができるはずじゃ！」

「ま、まじで……？　でも、埋まってるのって、どんな財宝なの？」

「とんでもなくすごい財宝じゃ……！」

「とんでもなくすごい財宝って何？」

「………」

「じいちゃん？」

「なんかこう……とにかく凄い財宝じゃ……！」

「じいちゃん……！」

なんだかよくわからねえけどじいちゃんの話には凄みがあった。とノクラさんは誇らしげに語っておいでてでした。

お爺さんがそれまで彼に語ってきた物語はすべて夢と希望に満ち溢れた冒険譚《ぼうけんたん》であり、揺らぐことなき真実だったのです。

たとえばある日のこと。

お爺さんはノクラさんを含む家族に語りました。

「わしの見立てでは北の砦《とりで》には山賊《さんぞく》が残した宝があるはずじゃ」

あんなのただの廃墟《はいきょ》じゃん、と呆れる家族を前に彼は断言《だんげん》しておりました。後日、北の砦《とりで》から帰ってきたお爺さんの手には大量の宝石が握られておりました。

そしてたとえば別の日も。

「こいつぁ宝の地図じゃ……！」

お爺さんは旧友――キリカさんのお爺さんが営むお店で古びた地図を手にして驚愕《きょうがく》しました。

幼《おさな》いノクラさんやキリカさんにはそれはただの落書きの羅列《られつ》にしか見えなかったそうですが、しかし老年男性二人はごくりと息を呑んでいたといいます。

後日、宝を手にした二人が『砂のヴォルデン』へと帰ってきました。

そしてたとえばさらに別の日も。

「なんか遠くのほうの遺跡で謎解きしてたらこれ出てきたわ！」「ガハハ！」

老年男性二人が揃って街から出かけたかと思えば数日後に遺跡からお宝を持ち帰ってきました。

ノクラさんのお爺さん。そしてキリカさんのお爺さん。二人はまさしく『砂のヴォルデン』が誇る冒険家であり、そして彼らが目をつけた場所には必ずと言っていいほど財宝が残されていました。

カラドリア遺跡にもきっと何かある。

おじいさんの話を聞きながら、ノクラさんは確信していました。

二人の冒険家はよくノクラさんの家で作戦会議をしていたそうです。一緒に過ごしているときは見たこともないほど真剣《しんけん》な様子の祖父に、ノクラさんは大変憧れを抱きました。

「――次はカラドリア遺跡の地下を掘り起こそう」地図を指差すのはノクラさんのお爺さん。

キリカさんのお爺さんは首をかしげました。

「地下はすべてカラドリア族が爆破したのではなかったか？　財宝と心中するために」

「わしはそもそもカラドリア族が自ら滅んだという話が真実なのかどうかすら疑わしいと思っておる。言い伝えほど情報がふたしかなものはないじゃろう――掘り起こせばきっと何かある」

「だがどこを掘ればいいのかわからんぞ」

「任せておけ。遺跡のどこを掘れば住居に突き当たるのかは概《おおむ》ね目星《めぼし》はついている」

「……根拠《こんきょ》はあるのか？」

「うむ。……実はな、少し前にわし一人で遺跡を探索しておったときに、一部分だけ妙《みょう》に土の色が違う場所を見つけたのじゃ」

「……ほう？」

「どうにも匂《にお》うんじゃよ。その下に何かあるような気がしてならんのじゃ」

そしてお爺さんは予感を外したことがありません。

相棒――キリカさんのお爺さんは彼の提案に頷《うなず》き、カラドリア遺跡への探索に同行することを決めました。

彼らの活躍をこれまで何度も見ている『砂のヴォルデン』の住民もまた、彼らに期待を寄せました。

カラドリア遺跡の逸話は誰もが子どもの頃から慣れ親しんでいる昔話。

もしもそこに未だ財宝が眠っているのならば。

もしかしたら、水が手に入るのではないか――。

豊かな暮らしを求めて、街の未来を委《ゆだ》ねて、街の住民は遺跡へと旅立つ二人の冒険家を見送ったそうです。

「じいちゃん！　頑張《がんば》って！」

当然ながら、ノクラさんもそのうちの一人でした。

「待っておれ、ノクラ。じいちゃんが凄い財宝をとってくるからのう！」

いつものように笑いながら、お爺さんはそうして街から離れて行きました。

けれど。

知っての通り、帰ってきた二人の手に、財宝はただの一つもありませんでした。

「何もなかった」

街の人々にたったそれだけの言葉で笑いかけて、二人は家に帰ってしまいました。

二人でも探し当てることができなかったのならば、きっと本当に何もないのだろう――キリカさんが話してくれた通り、きっと街の人々は二人の背中を見つめながらそのように思ったことでしょう。

しかしこのお話には続きがあります。

家に帰った直後のことです。

「……無念《むねん》じゃな」

ため息をつきながら、火を見つめるお爺さん。

薪《まき》を焼《く》べるように彼はカラドリア遺跡の探索に使った地図や、事前に集めたカラドリア族にまつわる資料の数々を次々と投げ込み、燃やしていきました。

何かをもみ消すように。証拠を隠滅《いんめつ》するように。

燃え盛る炎を眺める祖父の背中はこれまで見たことがないものでした。

明らかに普通ではありません。何かがあったに違いないのです。

「じいちゃん……財宝は、本当になかったの？」

だから恐る恐る、ノクラさんは尋ねていました。

「………」

こちらに振り返るお爺さん。

街の人に語っていたように、彼は笑みを浮かべました。

「そうじゃな、何もなかったのう」

結局、彼がそれから冒険に出ることはありませんでした。年齢的にもカラドリア遺跡の探索が彼にとって最後の冒険だったのです。

晩年《ばんねん》のおじいさんは最後まで穏やかに暮らしていたといいます。これまでの冒険で手に入れた財宝の数々を水や食糧に換《か》えて過ごしていたようです。まるでこれまで辿ってきた冒険の日々を整理するかのように。

お爺さんが亡くなったのは、ちょうどすべての財宝を物に変えた頃のことだったそうです。

「そんなじいちゃんが最後まで手放さなかった物が一つだけある」

ノクラさんはポケットから紙切れひとつ取り出し、私に見せてくれました。

それは迷路のように入り組んだ線を描いたひとつの地図。

私たちが今いる場所――カラドリア遺跡を描いたものでした。

「冒険をしていた当時に使っていた資料はじいちゃんが自ら燃やしちまったけど、その後に地図だけ新しく買い直していたんだ。それから死ぬときまで暇さえあれば地図を眺めて過ごしてたんだぜ」

地図を眺める祖父の姿はまるでこれから始まる冒険へと思いを馳《は》せるかのよう。

少なくともノクラさんにはそのように見えたのでしょう。

そして祖父亡き今、孫である彼は、お爺さんが残した足跡を辿るために、日夜穴を掘り続けています。

「どうやら爺ちゃんが地下に通じる穴を封じてしまったらしい。土の色が違う場所ってのも今じゃどこかさっぱりわからねえ。おかげでオレが掘り返す毎日を送ってるってわけさ」

つまり彼の祖父とその相棒は、遺跡の地下を探索したのちに出入り口を完全に封じ、そして関連する資料すらすべて燃やしてしまった、ということでしょうか。

徹底《てってい》した証拠隠滅《しょうこいんめつ》。

それはそれは。

とても、何というか。

「匂う話ですね」

呟《つぶや》く私。

隣でノクラさんは大いに頷きます。

「だろ？　そう思うよな。きっと爺ちゃんたちはカラドリア遺跡で何か見たんだ。見た上で、財宝を取ることができなかったんだよ」

夢見る少年のように目を輝かせるノクラさん。

「諦《あきら》めざるを得ない理由があったということでしょうか」

その場で思いついたままに私は尋ねます。「たとえば財宝を掘り起こすための仕掛けを解けなかった、とか」

「あるいは何かのアクシデントがあった、とかかな」

「アクシデントですか」

「ああ」

「それってたとえばああいう感じのやつですか?」

首をかしげるついでに私は入り組んだ塀の先からわずかに見える景色を指差します。

そこで蠢《うごめ》くのは複数の黒いモノ。

馬車に乗り、こそこそ辺りを窺《うかが》いながら街の方へと向かう黒ずくめの集団。

端的《たんてき》に言い換えるなら盗賊団。

当時のお爺さんたちは有名な冒険家だったみたいですし、あのような連中と遺跡で鉢合《はちあ》わせしたり、手柄を横取りされかけることも珍《めずら》しくはなかったのではないでしょうか。

「……あの程度のアクシデントで諦めたわけじゃないと思いてえな」

「でしょうね」

ちなみに。「お爺さんたちはああいうのに遭遇《そうぐう》したときはどうしてたんですか?」

「撃退《げきたい》してたさ。こいつでな」

掲げるのは黒いガントレット。お爺さんの代でも大活躍しておられたようですね。

なるほどなるほど。

「それで、どうします?」

「連中には個人的な恨みがある」

彼はゆっくりと立ち上がり、長話で疲れた身体を軽く伸ばしながら、黒ずくめの集団を見つめます。

遺跡を根城《ねじろ》にしながら街で富裕層からの窃盗《せっとう》を繰り返す盗賊団。

お爺さんの夢を引き継ぎ、ただ遺跡を掘り返していただけのノクラさんにとっては彼らほど目障《めざわ》りなものもないでしょう。

勝手に勘違いされて盗賊団の仲間扱いされているわけですし。

「ここで捕まえて手柄《てがら》を上げさせてもらおうぜ」

そして彼は黒ずくめの男たちのもとへと歩み寄ります。

戦いは避けられないようですね。

私は魔力水をこくりと飲みつつ、尋ねます。

「ちなみに何か作戦とかはあるんですか」

「死んだ爺ちゃんが言ってた。作戦は突っ込んだ後に考えろってな！」

「いやあなたのお爺さんさっきの回想でめちゃくちゃ作戦立ててたじゃないですか」

「行くぞォ！」

「わあ無視」

呆れる私をよそにガントレットを構えて突っ走るノクラさん。

初めて会った日のように、砂漠の遺跡に轟音《ごうおん》が鳴り響きました。

大手柄《おおてがら》といえるかもしれません。

○

私とノクラさんはそれから大急ぎで『砂のヴォルデン』へと舞い戻ります。

いつもと異なり、此度《こたび》は手土産《てみやげ》がひとつ。

「ぐうう……」「くそっ……」「離しやがれ！」

縄《なわ》で巻かれた盗賊団の方々が、ほうきの先に括り付けられた荷台の上から私を睨みつけました。

カラドリア遺跡から国へとこっそり向かおうとしていた最中のところを私たちによって捕えられたのです。予定が崩れてさぞ焦《あせ》っていることでしょう。

彼らは芋虫《いもむし》のように這いながら何度も荷台から逃げ出そうとしました。

「おい。逃げるんじゃねえよ。お前らには相応《そうおう》の罰《ばつ》を受けてもらうからな」

そしてそのたびに一緒に荷台へと乗り込んでいるノクラさんによって首根っこを摑《つか》まれました。

彼は捕まえた盗賊団の監視役。

「なあイレイナ。悪いが、キリカを呼んでもらえるか？　こいつらのことをあいつにも教えなきゃいけないからな」

手にした成果を雇い主に伝える役割は私へと委ねられたようです。

致し方ありませんね。

「では証拠品を一ついただけますか」手を差し出しました。

「ほらよ」

彼はポケットから包みを取り出し、私に投げ。

そしてふわりと宙を舞いつつ私の手元にすっぽり収まります。

「どうも」

本日手にした成果は二つありました。

あるいは二つで一つともいえるかもしれません。

私たちが捕まえたのは、カラドリア遺跡から『砂のヴォルデン』へと向かっている最中の、盗賊団。

「……思い違いをしてしまっていたようですね」

くるりと踵《きびす》を返してキリカさんが待つお店へと駆けながら、私はここに至るまでの間に見たものを、頭の中で反芻《はんすう》します。

それはノクラさんと私が盗賊団を倒した直後のことです。

「……どういうことですか？　これ」

盗賊団が乗っていた馬車の前に立ち尽《つ》くし、私は首をかしげていました。

「どういうことって、何がだよ」縄で盗賊団の男たちを縛り上げつつ、ぶっきらぼうな様子で彼は声を投げかけていました。

私が抱いている違和感はただ一つ。

荷台に詰め込まれていた荷物を一つ拾い上げながら、私はノクラさんの方へと振り返ります。

「どうして彼らがこれを持っているんですか」

私の手に収まっているのは、小さな宝石。

白い、小さな宝石。

「キリカさんのお店に出入りしていたお金持ちが持っていたものです」

――うちにある秘蔵の宝石だよ。

たしかキリカさんに差し出しながら、お金持ちの彼はそのように語っていたはずです。

「よく覚えてるな」

「金目《かねめ》のものは全部記憶するようにしてるんですよ」

「現金なやつめ」

苦笑しながら、ノクラさんは言葉を続けます。「オレはその石に見覚えはねぇが、こいつらの顔はよく覚えてるぜ」

言いながら彼は傍にいた黒ずくめの男の覆面《ふくめん》を剝《は》ぎ取りました。

「ぐう……っ」とうめき声を上げながらも、露《あら》わになったのは人相の悪い成人男性。

……私には見覚えがない方のようですけれども。

どなたですか？

首をかしげる私に対し、彼は淡々《たんたん》と語ります。

「こいつらはキリカの店に出入りしている金持ちどもの使用人だ」

「よくご存じですね」

「キリカに近づく男の顔は全部記憶してんだよ。覆面してても関係ねえ」

「…………」

ノクラさんがちょっと反応に困る独占欲を漏らしてきたことはさておき。

つまり私たちは――そして国の人々は、盗賊団のことを大きく勘違いしていたということになります。

彼らは決して、カラドリア遺跡を拠点《きょてん》にしながら『砂のヴォルデン』に向かい、富裕層の家を襲っていたのではないのです。

遺跡から国へと宝石類を運んでいたのです。

そして運び込んだ宝石類をキリカさんの鑑定屋まで持ち込み、利益を得ていたのでしょう。

平然とお店に出入りをしている男たちから彼女を守るために、私たちはまずキリカさんの身の安全の確保を最優先としました。

「キリカさん――」

そして私はお店の扉を開き。

硬直《こうちょく》しました。

店内のカウンターの向こうにいたのは、立ちすくんだキリカさん。

「こんにちは。魔女さん」

と声をかけてきたのは身なりのいい男性客――度々お店に出入りしている富裕層の一人、ライゼルさん。そして周りには複数の使用人。

どうやら少々間が悪かったようです。

「い、イレイナさん……」

怯《おび》えた表情を浮かべながらこちらに視線を向けるキリカさんの喉元《のどもと》にはナイフが突きつけられていました。

私たちが盗賊団を引き連れて店までやってきたところを見られてしまっていたのでしょう。

キリカさんを人質にしながら、ライゼルさんは普段と変わらぬ穏やかな顔色で語るのです。

「外が随分《ずいぶん》と騒がしいね。何かあったのかな？」

○

水不足に苦しむ仲間たちを救うため、一人の青年が掟を破り、カラドリア族の真実を突き止めました。

神聖な力などカラドリア族は持ってはおらず、街の住民から奪い取った物で裕福な暮らしを満喫《まんきつ》していたのです。

彼らの暴挙《ぼうきょ》に憤《いきどお》った青年は、仲間たちと共に正しいことのために戦いました。

数で圧倒《あっとう》されたカラドリア族は地下の住居もろとも砕け散って滅びました。

それが『砂のヴォルデン』に伝わる物語。

誰もが知る逸話《いつわ》。

しかし歴史物語はいつもほんの少しの真実がこぼれ落ちているのです。

カラドリア族が地下で裕福な暮らしをしているところを目撃した青年がまず最初に行ったのは、カラドリア族との交渉でした。

『このままではあなたたちは怒りに支配された住民たちによって滅ぼされてしまうかもしれません。しかし血を流すような結末は私の好みではありません。よければあなたたちを逃す手助けをしてあげましょうか』

カラドリア族に選択肢《せんたくし》はありませんでした。

彼の提案に頷き、カラドリア族は逃がしてほしいと頼みました。

青年は言います。

『逃がして差し上げる代わりに、財宝をすべてここに置いて行ってください』

彼が指定した場所は、カラドリア族の住居の一番手前。カラドリア族が婚姻《こんいん》の儀《ぎ》や集会で使用していた広場。

一族は渋々《しぶしぶ》、彼の言うことに従いました。これまで集めた宝石や貴金属――価値あるものはすべてそこに集めました。

そして夜の闇が空を覆《おお》う頃、青年は秘密裏にカラドリア族を街の外へと逃がしました。

後日のこと。

青年は仲間を引き連れて、カラドリア族が隠れている地下へと突き進みました。

そして広場へと辿り着くよりも前に、地下の一部を爆破しました。瓦礫に押しつぶされる住居。

退散する仲間たち。やがて勇気ある青年は危険を顧《かえり》みることなく崩れかけの地下へと再び戻り、カ、ラ、ド、リ、ア、族、が、全、滅、し、て、い、る、こ、と、を確認しました。

『内部は非常に惨《ひど》い状況になっている。水も調達できそうにない。ここはもう諦めたほうがいいだろう』

青年は仲間たちにそのように説明しつつ、地下に通じる道を封じました。

自分だけがカラドリア族の遺産をいつでも取り出せるようにした上で。

そして青年らは砂漠を旅し、新たな国を作り上げたのです。

その名は『砂のヴォルデン』。

「――私のような富裕層の人間はね、その青年の子孫《しそん》にあたるのだよ」

依然としてキリカさんの首元にナイフを突きつけながら――私とノクラさんが抵抗できないような状況を保ったまま、ライゼルさんは語ります。

運悪く彼が店内にいたおかげで私たちの形勢《けいせい》はいとも容易《たやす》く逆転しました。

私たちに対して自らの血筋《ちすじ》にまつわる自慢話を長々と語りながら店から出てきた彼は、まず最初にノクラさんを叩きのめすように使用人たちに命じました。

おそらく戦い慣れているであろう男数人。ノクラさんはその場で殴《なぐ》られ、蹴《け》られ、踏《ふ》みつけられました。

その様子は長い年月をかけて溜まった鬱憤《うっぷん》を晴らすかのようでした。

「お前の祖父が隠し通路の入り口を壊したことでこちらは大損害を被《こうむ》ったんだ」

彼が青年の子孫にあたるのならば、おそらく有名な冒険家二人が遺跡の地下を探索したことでたいそう困った事態に陥《おちい》ったことでしょう。「せっかく先祖代々受け継がれていた遺産への抜け道が完全に壊されて使い物にならなくなったんだ。修復するまで膨大《ぼうだい》な時間がかかったよ」

富裕層の方々はおそらく定期的にカラドリア遺跡へと訪れ、かつて青年が残しておいた抜け道を使って定期的に貴金属や宝石を取り出していたのでしょう。

そうして『砂のヴォルデン』において盤石《ばんじゃく》な地位を確立していたのです。

やがてノクラさんが地面に転がったところで、ライゼルさんは「もういい」と使用人たちを手で制します。

「血が流れるような結末は私も好みではない」

手心《てごころ》を加えてやっている、と言いたいのでしょうか。

血は流れていなくとも既にノクラさんは満身創痍《まんしんそうい》。

「て、てめえ……」

地を這いながらライゼルさんを見上げるのがやっとでした。「汚ねえ手でキリカに触るんじゃねえよ……盗賊風情《ふぜい》が……！」

「我々は先祖が残した遺産を切り崩して生活をしていただけだよ。言いがかりはよしてくれ」

そして遺跡から持ち出した遺産はすべてキリカさんのお店で水へと変えていたのでしょう。

つまりキリカさんは本人も知らないうちに盗賊――もとい富裕層の彼らの資金調達に協力させられていたということです。

「ど、どうして……？」

ナイフを首に当てられながらも、彼女は戸惑《とまど》いの声を上げていました。「あなた、宝石も何でも持ってるじゃない！　なのに、どうして――」

「原因は君自身が私たちによく言っているじゃないか。物価高騰でどこも苦しい。余裕がない、とね。『砂のヴォルデン』に住む者に与えられた資源は徐々に数を減らしてきている」

宝石も、貴金属も――いつかは底をついて枯れ果てる。

いくら遺跡の地下に置いてあったとしても、いつかはなくなるものです。

「要するに資源がなくなりそうだから焦って掘り返していたということですか？」

尋ねる私。

嘲笑《ちょうしょう》が返ってきました。

「我々が埃まみれの宝石を独占するためだけにこのような活動をしていると思っているのか？　君は格好の割にあまり賢《かしこ》くないようだな」

「…………」いらっ。

「私たちが売却をしていた宝石や貴金属は穴を掘ったときに出てきた副産物だよ。本当に欲しかったものはそのさらに奥にある」

彼は言葉を続けます。「カラドリア族の住居の最奥《さいおく》には連中が使っていた広場がある。婚姻の儀や集会で使っていた場所だ」

「それが何か」

「連中はそのさらに奥にもう一つ秘宝を隠していたのだよ——途方もない量の水をね」

「……？」

水を隠す？

『砂のヴォルデン』のような乾燥した地において、水が貴重な資源であることはわかりますけれども——。

「水なんてそうそう簡単に隠せるものなんですか」

「君は本当に賢くないな」

「………」いらっ。

「そもそも君は昔話を聞いて疑問に思わなかったのか？　砂漠の真ん中に突然現れたカラドリア族。彼らは一体どのようにして水を調達していたのかを」

どこからともなく現れては消えるカラドリア族に対して、当時の人々は、崇《あが》め、敬《うやま》い、カラドリア族と呼ぶようになりました。

それは当時の人々にとって彼らが神聖な力を持った特別な一族に見えたからだったはず。

「………」

神聖な力。

特別な力。

つまり人の理《ことわり》を超えた力。

はたと私は思いました。

「……まさか」

私はその力についてよく知っているはずです。

黒のローブ、三角帽子。

そしてブローチを胸に提《さ》げている私にとって、その力は何よりも身近なものであるはずです。

魔法。

「そう。連中は魔法で水を生み出していたのだよ」

ライゼルさんは然《しか》りと頷いていました。「砂漠に漂《ただよ》う魔力を水に変える装置を地下に用意していたらしい。広場の奥で今も装置はカラドリア族の帰りを待っているよ」

砂漠——特に『砂のヴォルデン』のような国においては水は最も価値が高い代物であるはず。国の資源が減り、困窮《こんきゅう》している今、たしかに水を独占できるようになれば、彼らの立ち位置はただの富裕層どころではなくなるはず。

もはや砂漠において彼らに逆らえる者はどこにもいなくなるでしょう。

「我々はこれからその装置の起動に伺《うかが》う予定なのだが、厄介なことにカラドリア族は逃げる際に封印《ふういん》を施してしまったらしい。再び水を吐き出させるためにはカラドリア族の人間一人を生贄《いけにえ》に捧《ささ》げる必要があるそうだ。水とどうでもいい人間の物々交換というわけだ」

砂漠の資源を独占していたカラドリア族らしい悪趣味《あくしゅみ》な仕掛けといえるかもしれません。

顔をしかめる私。

視界の端でノクラさんがゆっくりと立ち上がる気配を感じました。

「……おめーの野望《やぼう》はよくわかったよ」

彼は肩で息をしながら、指差します。

今も尚《なお》、ライゼルさんの人質にされている大切な幼馴染を。

「キリカを離せ。そいつは関係ないはずだ」

…………。

果たして本当にそうなのでしょうか。

決してライゼルさん側の肩を持つつもりはありませんが——しかし、カラドリア族が魔法使いの一族ならば。

私はどうにも嫌な予感を禁じ得ないのです。

「カラドリア族には身体的特徴が一つある」

「ああ？」

あからさまに苛立った様子のノクラさんに、ライゼルさんは尚も落ち着き払った様子で言葉を紡《つむ》ぎます。

「金色の髪と褐色の肌。それがカラドリア族に共通する特徴だ——地下の装置にも、同じ特徴を持つ人間を連れてきて生贄に捧げれば再び作動すると記載がされている」

そして奇《く》しくも同じ身体的特徴を持つキリカさんが、ここにはいます。

ただ単純に見た目が同じというだけでなく、キリカさんのお爺さんは魔法道具のガントレットを作った張本人《ちょうほんにん》。

魔法使いの一族であることは間違いないのです。

「カラドリア族が残した遺産はキリカちゃんとの引き換えにさせてもらうよ」

「……！」

目を見開くノクラさん。

これまでライゼルさんが度々キリカさんの店に訪れていたのはカラドリア族の末裔《まつえい》である彼女を利用するためであり、彼女自身に対しては大した感情も抱いていなかったようです。彼は悲しくもなさそうな表情を浮かべつつ、

「キリカちゃんを失うのは惜《お》しいが、店主を務めるのも今日までだ。明日からは君がこの店を切り盛りするといい」などとノクラさんに対して言い放ちました。

そして彼はキリカさんの腕を強引に掴み、踵を返します。

向かう先には馬車が一つ。

「痛っ……！　は、離して！」

「大人しくしなさい」

淡々と語りながら彼はそのまま馬車に乗り込んでしまいました。

けれど私たちは追いかけることは叶いません。

「き、キリカ……！　待て……！」

手を伸ばすノクラさん。

その前には使用人が複数。

ここから先は通さないと壁のように立ち塞《ふさ》がります。

「くそっ……！　邪魔《じゃま》なんだよ！　どけ――！」

満身創痍のままに立ち向かうノクラさんに対して、彼らは無言《むごん》で腕を摑み、腹部を殴り、路上に倒れるまで入念に叩きのめしました。

「ダメ、ダメ……！　やめて……！　お願い！　もう叩かないで……！」

キリカさんの悲鳴が上がるまで、何度も何度も、彼らはノクラさんの心を折りました。

ライゼルさんが退屈《たいくつ》した様子で「もういい」と声をかけるまで、何度も。

「これから取引をする業者になるかもしれないんだ。その辺にしておけ」

馬車の中から見下ろすライゼルさん。

使用人たちにも乗り込むよう合図《あいず》を送ったあとで、彼の視線は私の方へと留まります。

「それではごきげんよう、魔女さん」

その男の手当てでもしてやってくれ。

私たちを見下ろしながら語った言葉を最後に、馬車は走り出します。

「ま、待て……」

路上から手を伸ばすノクラさん。

彼らの姿は、やがて見えなくなりました。

○

有名な冒険家二人が最後の地として選んだのはカラドリア遺跡。

ノクラさんのお爺さんは自らの直感を信じて探索を行い、おそらくは地下に続く道を自力で掘り起こすことができたのでしょう。

その先で待っていたのはカラドリア族がかつて住んでいた住居と遺産の数々。

そして水を無尽蔵《むじんぞう》に生み出す魔法道具。

二人はきっとひどく落胆《らくたん》したことでしょう。

装置はカラドリア族を——奇しくもキリカさんのお爺さんと同じ、褐色の肌と金色の髪の人間を生贄にするように記載されているのですから。

遺産とは人を殺《あや》めてまで手にいれるべきものなのでしょうか。

二人はおそらく、そう思わなかったのでしょう。

砂がすべてを飲み込み、乾きに満ちた砂漠の世界であったとしても、人を犠牲にしてまで手にいれる物など無いのだと判断したのです。

だからかつて青年が自らの利益のために開けっぱなしにしていた穴を完全に塞《ふさ》ぎ、誰も出入りできないように封じた上で、

『何もなかった』

街ではそのように触れ回り、遺跡の地下に通じる資料をすべて灰にしてしまったのです。

褐色の肌と金色の髪——おそらくはキリカさんを含めた家族に危害が及ばないための配慮《はいりょ》でも

あったのでしょう。

そして二人は秘密を永遠に封じた上で、この世を去ったのです。

「やっぱり爺ちゃんは財宝を見つけてたんだな」

頭、腕、胴体。

安堵《あんど》した様子で一息つくノクラさんの至るところに包帯《ほうたい》が巻かれていました。血を流す結末は好きじゃないと語っていた割にはライゼルさんの使用人たちには遠慮《えんりょ》がなく、痣《あざ》の他にも切り傷が多数。命に別状はないものの、彼の姿は痛ましいものでした。

「痛みますか」

「いや。手当てしてもらったおかげで随分と楽になったよ。ありがとう」

言いながら彼は立ち上がります。

瘦《や》せ我慢《がまん》していることはすぐにわかりました。ゆっくりと慎重《しんちょう》に身体を動かすさまは全身に走り回る痛みを耐えているからでしょう。

ここが砂漠ではなく、私も魔法を存分に使える環境であったのならば魔法で治療をして差し上げられたのですけれども――というよりそもそも彼が攻撃される前にお守りすることもできていたかもしれませんけれども。

使用できる力を限定されているこの場においては人力による治療が精一杯でした。

「これからどうするつもりですか」

「もちろん連中を追いかける」

「そうですか」

私は頷いたのちにお店の中へと入ります。

そして鞄《かばん》を引っ張り出して再び外に戻りました。

おそらくは私が帰り支度《じたく》をしているように見えたのでしょう。

「あんたはもう帰るのか？」

「ご冗談を」

こんな中途半端《ちゅうとはんぱ》なところで帰るだなんてとんでもない。

私は温存していた魔力水を何本か取り出して順番に飲み干していきました。

遺跡での戦闘のせいで削られていた魔力が、ほうきでの移動で底をついてしまっていた魔力が、再び満たされていきます。

渇いた身体が、潤《うるお》いで満たされていきます。

「よければ手伝ってくれよ。また遺跡に送ってもらうだけでもいいからさ」

「ええ」

「問題は遺跡に行った後だな……、困ったことにどこから地下に行けばいいのかが全然わからねえ」

遺跡は既に穴だらけ。にもかかわらず未だノクラさんは地下まで辿り着くことができていません。

抜け道の在《あ》り処《か》を知るのは亡くなった祖父二人。

もしくは今も尚、出入りしている盗賊たち――。

「…………」

その時、私とノクラさんの視線がある一点に注がれました。

縄でぐるぐる巻きにされた黒ずくめの男が複数人。

私たちが捕まえてここまで連れてきた方々です。

「な、何だよ……」「見てんじゃねえ！」

おそらくは私たちがこれからしようとしていることに勘づいたのでしょう。彼らは強張《こわば》った表情で私たちを見つめておりました。

「拷問《ごうもん》でもする気か？　言っておくが俺たちは何も喋《しゃべ》らないぞ」

富裕層の方々の使用人として雇われているくらいですし、多少痛めつけたくらいではきっと重要な情報を漏らしてくれることなどはないでしょう。

あらまあ。

「困ったな……」

むむむとため息を漏らすノクラさん。

まったくもってその通りですね。

私はそのお隣で何本目かの魔力水を飲み干したあとで、鞄の中に手を突っ込みました。

中から引っ張り出してきたのは少々特殊な効果のお水。

何それ？　と言いたげなノクラさんに目配せを送りつつ、私はそれから使用人の方々に尋ねるのです。

ところで話は変わりますけれど。

拷問云々《うんぬん》はさておき。

「喉とか渇いてないですか？」

○

カラドリア遺跡の地下へと続く穴を進んだ先に打ち捨てられた住居がありました。

人が住まなくなって随分と時間が経つからでしょう。かつてカラドリア族と裏取引をした青年がご丁寧《ていねい》に爆破したせいでしょう。内部はとても人が住めるような場所とは言い難く、ほとんどが岩と砂で覆われていました。

狭く入り組んだ道をそうして進んでゆくと、開けた場所に辿り着きます。

行き止まり。

「――やめてっ！　離してってば！」

その真ん中で一人の女性が声を上げていました。

身なりのいい男は彼女を無理やり引っ張りながら、「大人しくしろ」と呆れた様子で視線を向けておりました。

「いい加減黙《だま》ったらどうなんだ。君を殺してから装置の前に置いてもいいんだぞ」

「だったら最初からそうすればいいじゃない！　未だにあたしを生かしてるってことは、装置のところまで生きたまま連れて行かないと意味がないってことでしょ？」

「……チッ」

図星《ずぼし》だったようです。

舌打ちしながら彼は広場の先にある装置へと視線を向けます。

それはちょうど人ほどの大きさの四角い箱。ぼんやりと青白い光を帯びており、広場全体を明かるくしていました。

表面には文字が綴《つづ》られていました。

『水はここにある』

人々を集めるために用いていた水は、文字通りその中に収められているのでしょう。カラドリア族が立ち去ってから今に至るまで一度も使われていない装置の中には、おそらく途方もない量の水が溜め込まれているはず。

男は遺跡の地下で光る装置を見たその日から、その中身を渇望《かつぼう》してやみませんでした。物資が枯れつつある今、富裕層としての暮らしに未来が見えなくなってきた今、有り余る水を手にいれることができれば砂漠の支配者となるも同然。

そして装置を開く方法は一つだけ。

『我らの血を捧《ささ》げよ』

おそらくこれまで何度も見つめてきたであろう文字を改めて眺めながら、男は女性の手を引きます。

「さあ来い」

ここに至るまでに入念に準備をしてきました。

捧げるための命も持ってきました。

「離して！　このっ……！」

金色の髪に褐色の肌。おまけにかつて魔法道具を作り、活躍した冒険家の孫娘。カラドリア族の末裔《まつえい》であることは間違いありません。

これまで辿ってきた道には何一つ間違いはなく、すべて自身の成功に繋がっている。

男の歩みはそんな自信に満ちていました。

「クソ野郎！　死んじゃえ！」

唯一《ゆいいつ》、間違いがあるとするならば、彼女の口と手足を封じておかなかったことでしょうか。

彼女はそれから文字で表すことすらできないほどの汚い言葉で彼をひどく罵《ののし》ったのち、文字で表すことすら憚《はばか》られるような場所へと思いっきり足蹴《あしげ》をぶち込みました。

「――ほがぁっ！」

仄暗《ほのぐら》い広場に響き渡るなにやら鈍《にぶ》い音。

男は前屈《まえかが》みになりました。

突然の暴挙。彼女を拘束《こうそく》していた手が離れたのはその時。

それでも既に逃げられるような状況ではなかったようです――踵を返す彼女を、使用人たちがすぐに取り囲みました。

「クソ……っ！　ふざけたことしやがって……！」

獲物から思わぬ反撃を喰らったかのよう。

男は前屈みのまま彼女を睨み、拳を握りしめました。

「立場をわかっていないようだな……！」

常に余裕の笑みを浮かべていた彼の表情は怒りで支配されていました。あと一歩のところで邪魔をされてさぞ苛立ったことでしょう。

一歩ずつ強く踏み締め、握った拳を振り上げ、そして彼は彼女のお顔を思いっきり——ああいけません、いけません。

いたいけな女性のお顔を殴るだなんてとんでもない。

「えいっ」

地下の広場に少々緊張感に欠けた声が鳴り響きました。

直後に男の——ライゼルさんの頬を襲うのは空気の塊。まるで強めの平手打ちを浴びせるかのような一撃に、彼はよろめきます。

「くそっ……今度は何だ！」

苛立たしそうに見上げた先には一人の魔女。

髪は灰色、瞳は瑠璃色。

黒のローブと三角帽子を身に纏い、彼女はボトルいっぱいに込められた水を飲み干しながら、笑いかけるのです。

「こんにちは」

はてさてそれは一体誰でしょう。

そう、私で――

「おらあああああああああっ！」

などと。

私の出番を無視して暗闇の中から広場へと突っ込む影が一つありました。

黒い髪の青年。身体の至る所に包帯を巻いた彼は、別に魔法使いでもなければ特別な才能に恵まれているわけでもありません。

ただ毎日、祖父の言葉を信じて、街の人々に忘れ去られた遺跡で穴を掘り続けていただけの、ごく普通の一般人。

そして彼は拳を振り上げます。

祖父が最後に冒険した遺跡の中で。

「ノクラ……！」

キリカさんが見つめる目の前で。

○

暗闇から広場へと突っ切るのは一人のごく普通の男性、ノクラさん。

身体の怪我《けが》は未だ完治はしておらず、尚も痛みに蝕《むしば》まれていることでしょう。けれど止まることはありませんでした。

「と、止まれ！」「これ以上進ませるな！」

たとえ行く手を阻《はば》む者が現れたとしても、彼に触れるよりも前に私が魔法で弾き飛ばして差し上げました。

暗闇の中を疾走《しっそう》するのは青白い光の数々。使用人たちは視界の外からやってきた攻撃に次々と倒れていきました。

そうして私は彼のために道を開けて差し上げたのです。

私たちの形勢《けいせい》はいとも容易《たやす》く逆転したと言えましょう。

「な、なっ……なぜここに……！」

ライゼルさんの顔色にはあからさまに動揺の色が浮かんでいるように見えました。拳を握りしめたノクラさんが迫ってきているからでしょうか。あるいはものの数秒で私が使用人さんを全滅させてしまったことも焦りの要因かもしれませんね。

別にどちらでも構いませんけれども。

「っ、そうだ、人質《ひとじち》……、人質を――」

ノクラさんが自身の目の前にやってくるまで、残り数秒。おそらく必死に考えた末に出た結論がそれだけだったのでしょう。

迫り来る脅威から目を逸らすように、ライゼルさんは傍《かたわ》らに立っていたキリカさんの方を見ました。

また彼女の首筋にナイフでも当てがってしまえばきっとノクラさんは言うことを聞かざるを得な

くなる──。

「などと考えると思ってましたよ」

既に私は杖を振っていました。

放たれた光はライゼルさんの手を弾き、キリカさんを守りました。

「ぐっ……！」

あまりにも予想通りすぎる一連の行動に私は上から笑っておりました。

この期《ご》に及《およ》んで自身にはまだ助かる道が残されていると思い込んでいるなんて。

魔女に喧嘩《けんか》を売った結果どのような末路が待っているのかもわからないなんて。

「あまり賢くないようですね」

「貴様……！」

こちらを睨み上げるライゼルさん。

私は間髪《かんはつ》容《い》れずに再び杖を振りました。

一発、二発、三発── 地下室を明るく照らし上げるほどに膨大な量の魔力を次から次へと放ちました。

沈むように、吸い込まれるように、魔力が降り注いでいきました。

「ひっ──」

しかし私が放った魔法がライゼルさんを直撃することはありませんでした。

「──死んだじいちゃんが言ってたんだよ」

私が放った魔力はすべて、黒いガントレットに飲み込まれていきます。

三日に一度しか攻撃を繰り出すことができない魔法道具。かつて偉大な冒険家が使っていた代物。

再び魔力を受けて光輝く拳を、彼は握りしめます。

「盗賊相手に容赦《ようしゃ》はするなってな」

そして放たれたのは、たった一撃。

「ま、待て待て待て！　待っ――」


歴史物語はいつもほんの少しの真実がこぼれ落ちているといいます。


私も、ノクラさんも、そしておそらくはこの地下遺跡を独占していたライゼルさんも――ひょっとしたらかつてカラドリア族と取引をした青年ですら知らなかった事実が一つあったようです。

改めて装置に記載されていた言葉を見てみましょう。

『水はここにある』

『我らの血を捧げよ』

おそらく記述からして、カラドリア族がこの装置を使って水を運用していたことは間違いないでしょう。

しかし我らの血とは何を指すのでしょう？

ライゼルさんを含め、私たちはどうやら少々物事を難しく考えすぎていたようです。

かつて彼らを崇拝《すうはい》し、裏切った住民たちと同じように、カラドリア族を神聖な一族と決めてかかってしまっていたのかもしれません。

砂漠の中で人々を従えることができるほど高度な力を持っていたとしても、所詮《しょせん》は彼らはただの魔法使い。

ただの人なのです。

中に込められた水を吐き出すための方法は、たしかに血を捧げることで間違いなかったのでしょう。けれど装置のために本当に必要だったものは、厳密に言えば血ではなかったのです。

魔法使いの血の中に込められた魔力。

魔力がすぐに枯渇する砂漠の中で、最も効率的に魔力を生み出す手順は、血を流すことだったのでしょう――装置にかけられた鍵《かぎ》を開ける方法は、きっと魔法使いが血を魔力に変換《へんかん》することだったのです。

けれど言い換えれば、それはつまり。

魔力を直接注げば装置にかけられた鍵《かぎ》は再び解かれるということでもあります。

「うおおおおおおおおおおおおおおおおっ！」

私のありったけの魔力を帯びたガントレットが、ライゼルさんの顔面ごと装置へと叩き込まれました。

装置を開くための鍵は、それで十分だったのでしょう。

途方もない量の水が、柱となって天井《てんじょう》を突き破りました。

○

晴れた空の下。

砂漠に雨が降っていました。

ほうきの上から、傘《かさ》を差しつつ私は眼下に見える景色を眺めます。カラドリア遺跡と呼ばれていた場所は既にほとんど水の中。

かろうじて残っていた建物の残骸《ざんがい》の中で、ライゼルさんを含め盗賊団として暗躍《あんやく》していた男たちが縄で捕えられておりました。

「こいつらがやってたことは後で国に報告しとくよ」

男を全員縛《しば》った後でノクラさんが私に言いました。「これまで手伝ってくれてありがとな」

いえいえ。

感謝されるほどのことでもないでしょう。

私は上から彼を見下ろしつつ首を振ります。

「別に私は虚仮《こけ》にされたぶん報復《ほうふく》しただけですよ」

「素直じゃねえなぁ」

「ところでこのお水はどうするつもりですか」

「話逸《そ》らしたな」

肩をすくめるノクラさん。

見渡す限りがすべて水でした。

カラドリア族が作った装置は、魔力を溜め込み、水に変える性質があったようですが――おそらく彼らが去ったあとも、常に作動し続けていたのでしょう。

砂漠の中に漂う数少ない魔力をほんの少しずつ溜め続けていたのでしょう。

途方もない量の水はまるで砂漠に突然生まれた湖のように広がっていました。

「こいつは国のみんなで分け合うつもりだよ。昔話の教訓でもあったろ。独占しようとしたらろくなことがねえんだ」

おやまあ。

「国の教育が行き届いているみたいですね」

「まあな」

「これだけ頑張ったのに報酬が何もなし、というのも少々寂《さび》しい気もしますけど」

「ふふふ……」

私の言葉に彼はここぞとばかりに笑みを浮かべました。「お前……オレが地下で何も見つけなかったと思ってんのか？」

「違うんですか？」

首をかしげる私。

彼は胸を張りました。

「オレは生粋《きっすい》の冒険家だぜ？　遺跡まで行って手ぶらで帰ってくるわけねえだろうが。一心不乱にライゼルをぶっ倒したように見えて、実は価値のあるモンを回収してたのさ」

ライゼルさんがいた広場はカラドリア族がこの地を離れる際に財宝の類を置く羽目になった場所でもあります。

彼らでも回収しきれてなかったたぶんが多少は残されていたのでしょう、ノクラさんは自らの腰につけた袋をぽん、と叩きつつ、「これだけありゃ多分、しばらくは食うに困らねえだろうな」と目を輝かせます。

いえいえ。

「その前に拾ったものに価値があるかどうか見てもらった方がいいんじゃありません？」

がらくただったらどうするんですか。

「それもそうだな……」

一理ある。とノクラさんは振り返りました。「キリカ！　オレが拾った財宝、見てくれよ！」

手を振りながら走る先にはキリカさん。

降り注ぐ雨を眺めながら呆然《ぼうぜん》としている彼女の姿がありました。

「あんたこの状況でよく平然としてられるわね……」

あたし理解がまだ追いついてないんだけど……、とキリカさん。

「ま、細かいことはどうでもいいだろ」

「全然細かくないと思うんだけど……！」

「そんなことよりオレが拾ってきた財宝見てくれよ！　今日こそは価値あるものを拾ってきたと思うぜ」

「はあ……」

彼女は呆れたように何度目かのため息をついていました。

きっと話したいことが他にあったはずです。環境は大きく変わったはずです。けれど私の視線の先で言葉を交わしているのは、今までと何ら変わらない二人の姿。

「わかったわよ。まったくもう……」

見せて、と手を差し出すキリカさん。

「おう」

などと言いながら、自らの腰についている袋に手を伸ばすノクラさん。

それは鑑定屋の中でこれまで何度も見てきた光景でした。見飽きた光景でもありました。

などと私が思った直後のことでした。

「……え、あれ？」

途端にノクラさんは自らの腰の辺りを見つめて驚愕するのです。「な、ない！」

「ない……って、何が？」

きょとんとしながら首をかしげるキリカさん。

「ないんだよ！　オレが拾ってきた財宝！　ちゃんと袋に入れて腰に括り付けておいたはずなのに――！」

おやまあ。

私と会話していたときはたしかにあったのに。突然なくなってしまうだなんて不思議な話ですね。

「ねえノクラ」

ぽんぽん、と彼の肩を叩いてから、キリカさんは指差します。「袋ってあれのこと？」

不思議なことに彼女の視線は私の方を向いていました。

そしてさらに不思議なことにノクラさんが財宝を入れた袋はなぜだか私の手の中にあったのです。

あらまあ。

「おま……イレイナ！　盗みやがったな！」

オレの財宝に何しやがる！　と彼は吠えておりました。

それはさておき。

「私たちがさっきいたところって、元々は婚姻の儀とかで使われてた場所みたいですね」

たしかそのように聞きましたけど。

「？　それが何だよ」

「これどうぞ」

ぴん、と私は手の中にあった小さな財宝をノクラさんへと弾《はじ》き飛ばしておりました。

ノクラさんが生粋の冒険家を自称するのであれば、私は生粋の旅人とでも言うべきでしょうか。

彼と同じく、私もまた、あの場において価値のある物をひとつ拾い上げていたのです。

ふわりと宙を舞ったのちに、小さな財宝は彼の右手の中に収まりました。

摑み取った彼は息を吞みます。

「お前、これ……」

私が財宝を盗んだだなんてとんでもない。

私が渡した物は、きっと今の彼にとってその辺で適当に拾い上げた宝石や貴金属の数々よりも、もっと価値のあるものであるはずです。

だから私は言いました。

「ここでの基本原則は物々交換、でしょう？」

婚約指輪を見つめる彼に、言いました。

○

それからどれほどの時間が経ったことでしょう。

雨のように降り注いでいた水が止み、眼下に広がる水面は陽の光によって輝いていました。

眩しさに目を細める私が見守る先には二人の男女。

何度か息を吸い込み、それから吐いたのち、ノクラさんは一歩踏み出します。

「あ、あの——キリカ！」

足元で小さな水たまりが弾けます。

「ふぇっ？　は、はい！」

肩をびくりとさせながら、彼女はノクラさんを見つめます。

顔が耳まで赤く染まっておりました。目を逸らすように視線を落とし、ノクラさんを見つめて、また視線を落とし、繰り返すたびに彼女の表情は赤みを増していきます。

私に背を向けているノクラさんの耳元もまた同じような色に染まっておりました。

「あの……見てほしい物があるんだけど……」

そして彼は手を出し。

「……うん」

キリカさんは小さく頷きます。

これから彼が何を見せるのか、彼女にはわかっているのです。

ノクラさんが優しく彼女の左手をとり、指輪を通します。

「……どう、かな」

恐る恐る尋ねるノクラさん。

それはこれまで何度もお店で見せられてきた二人のようで、ほんの少し違う二人の姿。鑑定屋の彼女からみて、その財宝にはどれほどの価値があるのでしょう。

彼女は左手を太陽にかざします。

薬指で輝くのは一つの指輪。

眩しそうに眺めたのちに、キリカさんは笑いました。

「上々よりもっと上」

『煤《すす》まみれの森』

周りには少しだけ奇妙《きみょう》な景色《けしき》が広がっていた。

国へと続く一本の道。その上を両脇《りょうわき》からベールのように木々が手を伸ばしている。見上げたときに視界に映るのは、青々とした空と眩《まぶ》しい陽射《ひざ》しからから地上を覆《おお》い隠《かく》す枝と葉。

黒かった。

陽の光が眩しいからじゃない。

頭上を覆う木々の枝も、葉のすべても、そして左右に並ぶ幹《みき》のすべてが黒く、焦《こ》げている。

「…………」

触《ふ》れれば指先に薄汚《うすよご》れた黒い煤。

地上に転がる葉の一つを掴《つか》み取れば、粉々《こなごな》に砕《くだ》けて散っていった。

「この森はかつて魔法使いが未来の繁栄《はんえい》を願って作ったものらしい」

あたしも派遣《はけん》されただけの魔女だからこの辺りの事情に詳《くわ》しいわけではないけどな——と付け加えてから、あたしは煙管《きせる》から口を離して煙《けむり》を吐いた。

夜闇《よやみ》の魔女シーラ。魔法統括《とうかつ》協会所属の魔女。

自《みずか》らの身分をそのように明かしたのちにあたしがその場で並べてみせた言葉は、ここに至るまでの道中に資料で見た程度の浅い知識。

「かつて魔法使いだけが住んでいたこの先の国は移民を受け入れるようになり、魔法が使えない人々や獣人《じゅうじん》も住むようになった。当時の魔法使いたちは民族間の差別のない国を願い、魔法でこの森にある木々を国へと至る道に作り直した」

時代が変わったとしても、時が経《た》ったとしても決して変わることがない森。

すべてが銀色にきらめく眩しい木々が生み出す景色。

人々はその光景をこう呼んだそうだ。

「鋼鉄《こうてつ》の森」

時代が変わっても錆《さ》びないように、国の人々が世代を超えて管理を引き継《つ》ぐことで鋼鉄の森は今日に至るまで眩しいほどの輝きを保ち続けている——というのが、あたしが読んだ資料に綴《つづ》られていた文言《もんごん》だ。先祖《せんぞ》が残した遺産《いさん》を大事に次代へと継いできたことで、国を誇《ほこ》るほどのシンボルになっていたのだろう。

今や見る影もない。

すべては黒く、焦げている。

鋼鉄などどこにもありはしない。目の前に広がるのはただの鉄屑《てつくず》たち。

「いきなり何なの？　この人……」「……歴史のお勉強でもしに来たのかしら？」

あたしが並べた言葉にくすくすと嘲笑《ちょうしょう》を返すのは、この先にある国に住んでいる魔法使いたちで構成されている団体の一員。

皆一様《みないちよう》に同じ衣装を身に纏《まと》い、自らの行動の正当性をたしかめ合うように互いを見つめ合って笑っている。

その数は五、六名程度。

事件が起きたのは昨晩《さくばん》のことだった。

夜中に魔法使い数名が鋼鉄の森の上空をほうきで飛び回り、油を撒《ま》き散らし、その上で火を放ったのだ。

魔法使いたちはすぐさまその場で国の保安局《ほあんきょく》によって捕えられ、魔法使い関連の凶悪《きょうあく》事件や事故を扱《あつか》う魔法統括協会にも連絡が届いた。

「…………」

そしてあたしが派遣《はけん》されて今に至る。

目の前には手錠《てじょう》を嵌《は》められた魔法使いたち。

保安局員や魔法統括協会の職員に囲まれていても、そしてあたしが到着してもなお、彼女たちの様子《ようす》は変わらない。

罪の意識はなく、まるで自らが起こした事件の成果《せいか》を誇《ほこ》っているようにも見えた。

「お前たちのせいで祖国《そこく》が大損害《だいそんがい》を被《こうむ》ったわけだが、反省《はんせい》の色はないみたいだな」

でなければ今も笑っている理由がない。

呆《あき》れてみせた私に、魔法使いたちの一人が噴《ふ》き出した。

「反省ですって？　そんなのあるわけがないじゃない。私たちが起こした行動は紛《まぎ》れもなく正義によるものよ」

おそらくは彼女が今日起こした犯行のリーダー格なのだろう。

その姿は仲間たちに情けない姿を見せまいと健気《けなげ》に虚勢《きょせい》を張っているように見えた。「協会職員さんはご存じかしら。私たちの国では今、魔法使いが奴隷《どれい》のように扱われているのよ。他民族を受け入れ続けた結果、最も能力のある魔法使いばかりが不便《ふべん》を強《し》いられることになったの」

国が魔法使いだけだった時代は単純でよかった。物事の優劣《ゆうれつ》を決める基準が魔法使いとしての力の強さだけだったから。

今、この先にある国の門の向こうに広がるのは多種族が肩《かた》を並べる一つの国。物事の優劣をつける基準は複雑《ふくざつ》になった。

魔力の強さに価値はなくなった。他の種族が魔法を使えないのに不平等だから。

魔法使いの居場所は減っていった。他の種族のために場所を明け渡したから。

他民族にとって過ごしやすい国は、魔法使いにとっては過ごしにくい国に他ならない。

ゆえにリーダー格の女は誰も聞いてもいない主張をこう続けた。

「我々魔法使い解放連合《かいほうれんごう》は、我が国における魔法使いへの差別待遇の撤廃《てっぱい》を要求するわ。手始めに魔法使い以外を国から追い出しなさい」

さもなくば解放連合による犯行はこれからも続く。

とのことだった。

「そっか」

長々と説明させたあとで言うのは悪いが、あたしは首を振りながら答えていた。「悪いがあたしはお前たちと協議するためにここに来たわけじゃねえよ」

主張をする相手を間違っていないか？

呆れるあたしに、リーダーの女は告げる。

「間違っていないわ。犯罪に手を染めた人間の主張を世に広めるのがあなたたちの仕事でしょう」

「再発防止に努めるのが仕事だが」

「だったら我々の声明《せいめい》を世に広めなさい。我々は正しいことのためにやったのだと触れ回りなさい」

「この有様《ありさま》を見ても同じことが言えるのか？」

焦げた木々をあたしは見上げる。

脈々《みゃくみゃく》と受け継がれてきた遺産はもはやここにはない。変わり果てた有様だけが広がっている。初めてこの場に立ったあたしですら、この光景が正しいものでないことだけはわかる。

「正しい未来のための必要な犠牲よ」

対してリーダーの女は鼻を鳴らして答える。「我々が国の中でいくら声を上げたところで、誰も耳を貸してくれることなんてないの。より多くの人々に声を届けるためには――魔法使いたちに自由を与えるためには、より注目を集めるだけの火種《ひだね》が必要なのよ」

結論が自身にとって正しいものであれば過程《かてい》でいくら道を踏み外しても構わないとでも言いたい

のだろう。

呆れてかける言葉もない。

「牢屋《ろうや》の中で一生《いっしょう》言い続けてろよ」

少なくともあたしは彼女たちの声明を触れ回るつもりもない。普通の事件と同じく報告して、おそらく普通の事件と同じように数日間紙面を飾《かざ》って、街の住民もそれっきり話題に出すこともなくなるだろう。

こんなものはただの事件でしかなく。

そして論議《ろんぎ》に値しないのだから。

「随分《ずいぶん》と大袈裟《おおげさ》なお話をするのね。私たちがやったことは単なる器物損壊《きぶつそんかい》。どうせ私たちは一年もしないうちに自由の身よ」

自身の立場をよくわかっていないらしい。

リーダーの女はあたしに笑っていた。

「牢屋から出ても魔法使いが虐《しいた》げられているような世の中だったら、私たちはまた同じことを繰り返すわ。声を上げ続けることでしか世の中は変えられないのだから。正しい世の中のためには注目を集めるしかないのだから」

「そうか」

あたしはため息で答える。「だが、お前らが牢屋から出られるようになるのは相当先の話だぞ。もしかしたら一生出られない可能性すらある」

「は？」

何を言っているの？　とリーダーの女は目を丸くする。

どうやら自身が置かれた立場をまったく理解していないらしい。たかだか国の所有物を壊しただけ、とでも思いたいのだろうか。

「お前らさ、鋼鉄の森に火をつけたときに周囲の状況は確認してたのか？」

魔法使いの自由のために闘うという大義《たいぎ》に酔《よ》いしれるのは結構なことだが。

大事なものが見えていなかったらしい。

依然として状況をよく理解できていない彼女たちに、あたしは冷淡《れいたん》に告げた。

彼女たちにかかっている容疑は器物損壊ではない。

「お前らが火をつけたとき、鋼鉄の森の中で魔法使いが作業してたんだよ」

「……え？」

唖然《あぜん》とする解放連合の連中に、あたしは彼女たちの目に入っていなかった現実を教えてやった。

「自分たちの大義に酔ってるせいで忘れてたみてえだけど、鋼鉄の森の管理のために毎月、一部の魔法使いが清掃《せいそう》を行ってるんだよ。今日もどうやら作業をしていたらしい。お前らが火をつけたとき、二名の魔法使いが逃げ遅れて息絶《いきた》えた」

一人は老婆《ろうば》。もう一人はまだ小さな子ども。どちらも共に空から降ってきた油をまともに浴びた形跡《けいせき》があった。火をつけられ、逃げることもできずに命を失ってしまったのだろう。

つまりあたしが今日、ここに来た理由は物を壊しただけの魔法使いを捕まえるためじゃない。

人殺しを取り押さえるために来たのだ。

魔法使いを守ると謳《うた》いながらも魔法使いを殺《あや》めた異常者たちを捕まえるために来たのだ。

にもかかわらずあたしが目の前に来たとたんに偉そうに大義を並べて悦《えつ》に入《い》ってばかり。反吐《へど》が出る。

「し、死んだ？　作業していた魔法使いが……？　そんな……！　そんなはずは……！」

今更になって事の重大さに気づいたリーダーの女が呆然《ぼうせん》と地面に目を落とす。

あたしはその目の前にしゃがんだ。

「なあ、一個聞かせてくれよ」

おそらくはこれからあたしが書いた報告書通りに報道がなされるだろう。

魔法使いの生活を保護するという名目で国の遺産である鋼鉄の森を燃やし、そして本来保護すべきだった魔法使いまでも巻き込んだ解放連合。

言い換えれば、ただの人殺し。

「お前らみたいな連中に一体誰が賛同《さんどう》するんだ？」


『鋼鉄の森』


夕暮《ゆうぐ》れ時。

国の門から続く小道を取り囲むのは、見れば見るほど不思議な光景でした。

旅人は息を呑《の》んで見上げます。

頭上に広がるのは黄金色に輝く木々のベール。覆い被さるように枝を伸ばしている木々が夕日に照らされ、眩しいほどに光り輝いていました。

葉も、枝も、幹も、何もかもが黄金《おうごん》に見えました。

そこは国を訪れた旅人たちにとっての聖地。

多くの旅人が、その国を訪れた記念に、頭上に並ぶ葉の一枚を手に取り、持ち帰るそうです。

「えいっ」

彼女もまたそのうちの一人でした。軽く地を蹴《け》って、葉の一枚をもぎ取ります。

かちん、と硬い音と共に彼女の手に連れ去られたのは、これまた同じく黄金色に輝く葉。

「すごい……」

旅人は指で弾いてみました。こんこん、と硬《かた》い音が鳴り響きます。

強めに握ってみると、手のひらが痛くなりました。

空にかざしてみれば、夕日の下できらきらと輝いて見えました。黄金色に見えるのは、単に夕日が眩しいからではありません。

旅人の周りにあるすべての木は、文字通りすべて鋼鉄でできているのです。触れてみればたしかに硬く、鉄のよう。見上げてみればたしかに眩しく、温《あたた》かい。

故《ゆえ》にこの森は近隣諸国《きんりんしょこく》から、このように呼ばれています。

鋼鉄の森。

「――あらぁ、可愛《かわい》らしい旅人さんだこと」

輝《かがや》く森の中から唐突《とうとつ》に声をかけられました。

可愛らしい旅人？　一体誰のことでしょう？

「こんにちは」

そう、私です。

笑みを返しながら、声をかけてくれたお婆《ばあ》さんの方へと歩みを寄せる私。鋼鉄の森の中、彼女は杖《つえ》をふるいながら鋼鉄の森の木々を綺麗《きれい》に拭《ふ》き上げていました。

何をなさっているのか――は聞くまでもありませんね。

きっと鋼鉄の森ができた当初から、このように魔法で鋼鉄の木々を美しく保ってきたのでしょう。

お婆さんは私に笑みを返します。

「もうすぐこんばんはの時間になるわよ、旅人さん。こんな時間に出国するの？」

夜の旅路を心配してくれているのでしょう。

私はかぶりを振って返します。

「こんな時間にしか見れない景色を眺めてから旅に戻りたかったんですよ」

見渡す限りが金色。

昼間に見ることは当然叶《かな》わず、夜中も然《しか》り。出国するのであれば一日のうちに限られた時間にのみ目にすることができるのものを眺めておきたかったのです。

私がわざわざこんな時間に出歩いているのにはそういった事情があるわけですけれども――旅人

ゆえの事情が絡《から》んでいるわけですけれども。

「いつもこんな時間に作業なさってるんですか?」

答えるついでに私は首をかしげていました。

目の前にはお婆さん。

それと、彼女の傍《そば》で杖を握《にぎ》りしめている女の子が一人いました。

お二人とも鋼鉄の森の清掃《せいそう》作業をなさっていることは見れば何となく察《さっ》することができますけれども、国の人々はいつも遅くまで仕事なさっているのでしょうか?

軽く尋ねる私に対して、お婆さんは「いえいえ」と首を振ります。

「今日だけ仕方なく夕方に仕事してるのよ」それから彼女は眉《まゆ》をひそめて言いました。「魔女さん、うちの国に滞在していたなら、解放連合っていう人たちのことはご存じ?」

「……ええ、まあ」

解放連合。

私が鋼鉄の森の先にある国に滞在している間に何度も耳にした集団のお名前です。言動、行動共に過激《かげき》で、目的は魔法使いたちに対する差別待遇の撤廃《てっぱい》。

少なくとも他国を見てきた私からすれば国の中で魔法使いに対する差別待遇などはなかったように思えますけれど、彼女たちからすれば違うものが見えているのでしょう。

「本当はいつも昼間に作業を行っているんだけれど、あの人たちが清掃用の道具を隠してしまったのよ」

ゆえに本来作業をやるべき時間に間に合わず、道具もなく、結局仕方なしに仲間同士で自宅から布だけ持ち寄って、拭き取り作業だけ行っているのだそうです。

「同胞《どうほう》のせいで仕事に支障《ししょう》が出ているわけですか」

解放連合は他種族の追い出しを最終的な目標としているそうですけれども。「……国に同居する種族が多いと大変ですね」

比較するものが多ければ多いほど物事は複雑になって、羨《うらや》ましく見えるものが増えてゆく。羨ましいから満たされていないことに気づいて、満たされていないから尚更《なおさら》欲しくなる。

少なくとも魔法使いだけがいた頃はこのような軋轢《あつれき》はなかったのではないでしょうか。

民族間の平和を願った末に生まれた思わぬ代償《だいしょう》に、私は肩をすくめていました。

「べつに魔法使いだけだった時代にもああいう人たちはいたわよ」お婆さんは平然とした様子で私に答えます。「昔だって、『生まれつき魔法使いとしての才能が優れていない人に優遇措置《ゆうぐうそち》をしろ』って反対運動が起きたりしてたもの」

「その人たちはどうなったんですか」

「さあ。いつの間にか見なくなったわねぇ」

他の種族が流れ込んできたおかげでうやむやになったのか、それとも姿を変えて今、解放連合として活動をしているのか。

詳しい事情はわかりませんけれども。

「いつの時代だって騒ぎたいだけの人はいるものよね」

「…………」

正しい未来を求めているのか。それとも単に不平不満をぶつける場所が欲しいのか。

粛々《しゅくしゅく》と国の中で生きている彼女たちにとって、解放連合の方々はどのように映っているのでしょうか。

「おばあちゃん」

立ち話が長くなってしまったようです。

先ほどから隣《となり》で黙《だま》っていた女の子が、お婆さんの袖《そで》を引っ張っていました。「お話はいいから、お仕事の続きしよ？」

このままじゃ暗くなっちゃう。

彼女は心配そうに空を見上げます。

夕暮れ時の空の太陽が徐々《じょじょ》に傾いていました。じきに夜の闇が空を覆い隠してしまうことでしょう。

「あら、そうね。旅人さんにも悪いわね」女の子の頭を優しく撫《な》でたのちにお婆さんは私を見据《みす》えます。「呼び止めてごめんなさいね」

「いえいえ」

首を振りつつ私は「お仕事、頑張《がんば》ってくださいね」と当たり障《さわ》りのない言葉を付け足します。

お婆さんは笑って頷いてくれました。

「また来て頂戴《ちょうだい》。森を綺麗にしながら待ってるわ」

その隣で女の子は手を振っていました。

「ばいばい」

だから私は一礼《いちれい》ののち、手を振りながら振り返るのです。

視界を覆うのは金色の森。

何度見ても美しい景色がここにはあります。

「……本当に、綺麗ですね」

もう一度ここに来たとき。

その時はまた、同じ景色を見ることができるでしょうか。

輝く木々の合間を歩みながら、いつかまた、再びこの地を訪れることを夢見ながら。

私はそして歩き出し、再び旅路へと戻るのです。

第六章

森の小道の注意事項

森の中、妙《みょう》に舗装《ほそう》されている道を見たことはないだろうか。

立ち並ぶ綺麗《きれい》な木々。よく見るとそのすべての枝《えだ》がちょうどいい具合《ぐあい》で剪定《せんてい》されている。まるで測《はか》ったかのように真《ま》っ直《す》ぐに伸びている道。ゴミもなく、無駄《むだ》な草花も一切ない。何の変哲《へんてつ》もないただの道だが、抜けるような青空が広がっている今日のような日に歩いてみればとてもとても心地がいい。

この道は私の私有地《しゆうち》であり、私が長年かけてようやく完成させた道である。私の住まいと別荘《べっそう》がある国で、両者を結ぶ森の中に土地を買い、作り上げたものだ。

凝《こ》り性《しょう》で、完璧を求め過ぎてしまう性分《しょうぶん》ゆえ少々時間をかけすぎてしまったかもしれないが、しかし別荘へと向かう休日の始まりを穏《おだ》やかに過ごせるのであれば悪くはない。

私は今日も自《みずか》らが作り上げた道を一人歩く。

そこにあるのは私が作り上げた楽園。

ただ一人で独占できる、楽園――。

「まあ素敵《すてき》。なんだかこの辺りの道は妙《みょう》に舗装されてるわね。そこそこいい感じだわ。ほうきに乗って通り過ぎてしまうには少しもったいないかも」

………。

私は目を瞬《しばた》いた。

「降りちゃいましょう。えいっ」

私が作り上げた楽園に、魔法使いが一人、下り立っていたのだ。

髪《かみ》は灰色《はいいろ》。瞳《ひとみ》は瑠璃色《るりいろ》。心地よさそうな様子《ようす》で辺りを見まわしながら私が作り上げた完璧な道に対して「うん。悪くないロケーションね」などとたわごとをぬかしているのは、驚《おどろ》くべきことに魔女だった。胸元《むなもと》に星をかたどったブローチが提《さ》げられている。

そして彼女は「ちょっと散歩《さんぽ》でもしましょうか」と独《ひと》り言《ごと》を並べながら私の前方を歩き始める。

何ということだろう。信じられない。私が作り上げた楽園を踏《ふ》み荒《あ》らすなんて！

余談《よだん》だがこの道は我《わ》が私有地にあたる。

別荘へと向かう道をいい感じにしたくて買い取ったものだ。一体誰の許可を得てこの地を汚《よご》しているというのだろうか。断じて許すことはできない。

私は憤慨《ふんがい》した。ゆえに魔女に対して毅然《きぜん》とした態度でこう言ってやったのだ。

「あ、あああああああのぅ……そ、そこ、わわわわわわわ私の、私有地——」

…………。

しまった！

私は美人の女性には弱いのだ。

完璧を求める私において唯一《ゆいいつ》どうにもならない欠点《けってん》と言ってもいい。こちらを振り返った彼女はたいそう怪訝《けげん》な表情を浮かべていた。我が生涯《しょうがい》で出会ってきた美人の女性は大抵が気が強く、他者からの指摘など知ったことかとよそを向くような者ばかりだった。きっと彼女もそうに違いない。うっかり話しかけたことを私は強く後悔《こうかい》した。どうせ私の道の素晴《すば》らしさも理解できないに違いない。

「はい？　ここ、あなたの私有地なの？　ごめんなさい。そうとも知らずに勝手に踏み入ってしまったわ。でも、とても綺麗な場所ね」

「好きだ」

「は？」

わかりやすく困惑《こんわく》させてしまった。

猛省《もうせい》である。実のところ私にとって完璧な道といっても、他者が立ち入るのは初めてのことだったのだ。彼女のようにマナーがよく、私の完璧な道の素晴らしさを理解できる美しい心の持ち主であるならばいくらでも歓迎だ。私は言い訳のように懇々《こんこん》と彼女に語った。警戒《けいかい》させてしまい申し訳ない。そんなつもりはなかったのだ。しかし初めて訪れた客人があなたでよかった。

すると彼女は首をかしげながら怪訝《けげん》な様子で、答えた。

「え？　この道って結構色々な人が使ってるみたいだけど？」

「何ですと」

驚愕《きょうがく》の事実。

困惑《こんわく》する私に彼女は道のあちこちを指差した。

「だって、ほら。既《すで》にいくつか足跡《あしあと》ついてるし」

「ほんとだ」

「よく見たらゴミが捨《す》ててあるし」

「何ということだ」

「それに犬のフンまで放置《ほうち》されてる始末《しまつ》だし」

「全然初めての客じゃない……」

「だから言ったじゃない」

憤慨《ふんがい》する私に彼女は呆《あき》れたように肩《かた》をすくめてみせた。私が完璧に整えておいたはずの道は見ればみるほど他者の手垢《てあか》まみれとなっていた。信じがたい状況である。

その場で膝《ひざ》から崩《くず》れ落ちる私。

目の前の魔女様はとても素晴らしい方だった。落ち込む私の肩に手を置き、「どうしたの？　詳しい事情を話してくれる？」と親身になって相談に乗ってくれたのだ。女神《めがみ》か？　私は祈るような姿勢で完璧な道にかける思いを語ってみせた。

余談《よだん》だが目の前の彼女は灰《はい》の魔女。名をヴィクトリカと言うらしい。美しい彼女にぴったりな名だ。

「よければこの私があなたの完璧な道を守るためにアドバイスして差し上げましょうか」

そして彼女は聡明《そうめい》な女性でもあった。美しい上に頭もいい。神に愛されすぎている。ヴィクトリカ殿はこれまで数多くの国で事件や事故を解決してきた実績があり、彼女のアドバイスを求める国や人は後を絶たないという。運命に感謝。

「ちなみに今回は特別サービスで金貨一枚程度でアドバイスしてあげる」

「なんと！」

金貨一枚。それだけあればしばらく贅沢《ぜいたく》して過ごせそうな金額だが、彼女のような素晴らしい女性からのアドバイスを貰《もら》うためならば必要経費といえよう。私は払った。

彼女は「毎度あり」と笑みを浮かべる。

そして語るアドバイスが一つ。

「なんか道の入り口のところに看板《かんばん》とか置いとくといいわよ」

「看板、ですか……！」

驚いた。

……普通だ。

金貨一枚も払ったのに。私は返してほしいなぁと思いながらも「具体的にどんな看板を立てればいいのですか」と尋ねてみた。

すると彼女は「私が作ってあげる」とこちらにウインクを返してくれたのである。

「……！」

驚いた。

アドバイス一つにしては少々高い金額を要求されたせいで警戒していたが、どうやら看板の作成までを含めた上での金額だったらしい。そう考えればお得である。

彼女はそれから慣《な》れた手つきで杖《つえ》を振り、魔法で看板を作り出してみせた。

「これを道の入り口に置いておきなさい。看板ひとつあるだけで、効果は十分にあるわ。状況に応じて注意書きを増やしてみると尚《なお》いいわよ」

「おお……」

「たとえば犬の散歩禁止、とか。ゴミのポイ捨て禁止、とか」

「なるほどぉ……」ため息ながらに頷く私。「ところで一つよろしいでしょうか」

「何かしら」

「いま看板の作成に利用した木、私の所有物なのですが」

「え」

くるりと振り返るヴィクトリカ殿。

道に生えていた一本が思いっきり根本から切り倒されていた。相手がヴィクトリカ殿であったとしてもさすがに容認《ようにん》できない。

「これはさすがに弁償《べんしょう》をしていただきたいのですが……」

「用事を思い出したわ。この辺りで失礼させてもらおうかしら」

「いや、あのう……、ヴィクトリカ殿？」

「それじゃ」

ほうきに乗ってそそくさと去ってゆく彼女。

「ヴィクトリカ殿？　あの、ちょっ……逃げるなあああ！」

何事もなかったかのように涼《すず》しい顔をしながら彼女はほうきに乗って飛んでゆく。逃げ足がかなり速いらしい。気づけば彼女の姿は森のどこかへ消えていた。

とりあえず私は看板の注意書きに『灰の魔女の立ち入りを禁ずる』と書いておくことにした。

しかし悔《くや》しいながらも彼女の言葉は一理《いちり》あったらしい。

それ以来、彼女のアドバイス通りに看板を立てかけて我が道を監視することにしたのだが、たしかに看板を目にした途端《とたん》に踵《きびす》を返して別の道へと向かう者が増えていった。面倒事《めんどうごと》は避けたいと思うのが普通の人間である。ある意味当然の反応といえた。

もちろん看板を読んだ上で「特に違反行為《いはんこうい》はしていないし……入ってもいい、ということですよね？」と判断して道へと進む者もいた。

私は決して道への立ち入りを拒《こば》みたいわけではない。

むしろ良識《りょうしき》ある人間の来訪《らいほう》は大歓迎《だいかんげい》である。私は物陰《ものかげ》から通行人を眺めながらも、行儀よく利用してくれる彼らの素行《そこう》のよさに感心した。人の世もまだまだ捨てたものではない。

「タバコについての注意書きがない、ということは喫煙《きつえん》オッケーだな……」

…………。

時々このようなモラルのない人間も来た。

金髪の魔法使いで、荒《あら》っぽい雰囲気《ふんいき》の女性だった。

私はすぐさま彼女の前に飛び出し抗議した。

いいわけがないだろうがこの阿呆《あほう》め。そもそも他者の私有地で勝手にタバコを吸うこと自体どうかしている。頭の奥深くまでタバコに侵されてしまったのか?

大体こんなことを毅然《きぜん》とした態度で言ったような気がする。

「あ、あのぅぅううう……そのぉ……タバコ……」

「ああん? ……ここタバコ駄目《だめ》なの? だったら看板に書いといてくれよ。てっきり喫煙オッケーなのかと思ったぜ」

どうやら私の注意が効いたらしい。

肩をすくめながら携帯灰皿《けいたいはいざら》で火を消す女。それから軽く言葉を交わしたところ、どうやら彼女は夜闇《よやみ》の魔女と呼ばれる者であるらしい。名前はシーラ。注意した私に対し、彼女は軽く首《こうべ》を垂《た》れながら、

「悪かったな」

と謝罪してくれた。

ひょっとしたら見た目が悪そうなだけで根はいい人なのかもしれない。よく見ると美人だ。ならばいい人に違いない。

「看板、よかったら追記しといてくれよ」

彼女の言葉も一理ある。

私が置いている看板は極めて簡素《かんそ》で、最低限の注意事項しか綴《つづ》られてはいない。日常的にニコ

チンを摂取《せっしゅ》する彼女からすれば禁止されていない以上はタバコも吸って大丈夫と判断してしまうのも無理ない話なのではないだろうか。

世の中に生きる人は多種多様《たしゅたよう》。ここはルールを作る側の人間である私が柔軟《じゅうなん》に対応すべきだろう。

私は看板に書かれた注意事項を一つ追加した。

『我が道での喫煙を禁ずる』


道を監視するようになって初めて知ったことがある。

世の中に生きる人が多種多様といえど、どうやら私が作った完璧な道は多くの人から注目を浴びてしまっているらしい。もしかすると国と国の間のちょうどいい位置にあることも関係しているのかもしれない――日々多くの人が私の道を訪れた。

ある時は私の道の上で勝手に作物の種を捨てる者が現れた。芽《め》が出たらどうする。私はすぐさま看板に『種を植えないでください』と追加した。

ある時は道の途中で読書をするため延々《えんえん》と居座《いすわ》る者もいた。正直邪魔《じゃま》である。私はすぐさま『道の途中で本を読まないでください』と追加した。

さらにある時は驚くべきことに道の途中に住み着く者まで現れた。私の道があまりにも素晴らしく居心地がよくて住み着いてしまったらしい。嬉《うれ》しい話だが景観《けいかん》のためにも居座られるのは困る。私は新たに『住まないでください』と条文を追加した。

そしてさらにさらにある時は……（以下数十ページにわたり条文を追加した過程が記されている）

私は毎日のように条文を次から次へと追加していった。

次第に私が作り上げた道は巷《ちまた》で『入り口が見えない小道』と呼ばれるようになった。なぜだかおわかりだろうか。

普通に条文が多すぎるせいで入り口が看板の数々に覆われてしまったからである。

「これは困った」

私はわかりやすく頭を抱えることとなった。

数多くの条文を追加し、素晴らしい人間でなければ我が道を通ることはできなくなった。が、しかしそもそも入り口がわからないせいで誰も入れなくなってしまったのだ。

私のために作り上げた美しい道だったはずなのに気づけば目の前に広がるのは美しさとは無縁《むえん》の混沌《こんとん》とした看板の山。美しくない。

完璧とは求めれば求めるほど遠ざかってゆく夢のようなものなのだろうか。

「というわけでどうすればいいですか」

困り果てた私はある日、我が道を訪れた旅人にアドバイスを求めることにした。

聡明《そうめい》な諸君《しょくん》ならばここで「おいおい。以前、灰の魔女にアドバイスを求めて金を奪われたことを忘れたのか？」と横槍《よこやり》を入れてくることだろうが、しかし少し待ってほしい。

たしかに私は以前同じような過《あやま》ちをしたが、しかしそれはまだ看板を一つも立てていなかった頃の話。素晴らしい人間からその辺の石ころのような人間性の者まで自由に出入りすることができていた時代の話だ。

今は違う。

「なるほど……つまりこの看板をどうにかしたい、ということですね？」

目の前の彼女は私の相談に軽く頷いてくれた。

星屑《ほしくず》の魔女を名乗る彼女はこの辺りを旅している旅人であり魔女だという。背丈《せたけ》は高く、見た目は美しく、それでいて物腰《ものごし》は穏やか。裏表《うらおもて》のなさそうな風貌《ふうぼう》をしている。かつて私を騙《だま》して金を奪い取った灰の魔女とは対極《たいきょく》にいるような女性といっても過言《かごん》ではない。

驚くべきことに星屑の魔女殿は相談を無料で請《う》け負《お》ってくれるとのことだった。外見だけでなく心までもが美しい。惚《ほ》れてしまいそうだ。

そして私が見惚《みと》れていると、彼女は簡単《かんたん》そうに言葉を一つ授けてくれた。

「でしたら、こういうのはいかがでしょう――」

そうして彼女が語る。

私は雷《かみなり》に打たれたような衝撃《しょうげき》を受けることとなった――。


本書を書くにあたり協力いただいた星屑の魔女、フラン殿に心から感謝を送りたい。

貴女《あなた》の目の前にはおそらく素晴らしい道が見えていることだろう。本の中に出てきた我が道とはすなわち目の前に広がる美しい景色のことであり、そして我が道を渡る上での注意事項とはすなわち、本書の中で看板に追記していった言葉の数々のことを指す。

フラン殿からのアドバイスは下記の通りだ。

「注意事項を本にしてしまえばいいのではありませんか？」

本にする。

注意事項を？

当時の私は彼女の言葉を上手《うま》く呑《の》み込むことができずに「それは……どういうことですか？」と首をかしげたものだ。しかし私がいかに浅学《せんがく》であったとしても彼女は優しく道を示してくれる。

「注意事項というものはたくさんあればあるほど読むのが面倒くさくなって、読み飛ばしてしまうものでしょう？　大事なことを書いているのに読んでもらえない。場所を管理する側からすればそれはとても困った事態であるはずです。だから注意事項らしくない注意事項を作ってしまえばいいのです。たとえばこういうのを使って」

言いながら彼女はバッグから一冊の本を取り出した。

私は警戒した。

灰の魔女であればここで「この本が欲しければお金を払いなさい」と囁《ささや》いてくるような場面だ。

しかし星屑の魔女殿はここでも美しく笑うのだ。

「さ、どうぞ。ちょうどいま余っているので、この本は差し上げます」

「結婚《けっこん》してください」

「はい？」

きょとんとする星屑の魔女殿。困った顔もやはり美し――ではなく、受け取った本について聞かねばならない。これをどのように使えばいいのだろうか？

首をかしげる私に対し、彼女は優しく語りかける。

「この本にあなたの自伝《じでん》を書いてみてください。この道にかける想いを、この道ができてから起きた出来事を詳細《しょうさい》に、なるべく物語として成立するように、綴《つづ》ってみるのです」

そして書いた自伝を道の入り口に置いておく。

それこそが彼女の生み出した画期的な策《さく》だった。

この道で人と出会うたびに私は入り口に注意事項を増やしていった。

つまり出会いの数々が注意事項であり、一つひとつを物語の中に綴ってゆくことで、自《おの》ずと注意事項を読むことになるのだ。

たとえば、い、い、い、い、今のように。

「できるだけ説教《せっきょう》くさくならないように、時々ユーモアを交えて書いてみるといいかもしれませんね」

「なるほど」

聡明な諸君ならば既に気づいていることだろう。

諸君が読んでいるこの本こそがまさしく私がかつて入り口に並べていた注意事項の数々であり、この本を読むことで、自ずと自身が道を通るに相応《ふさわ》しい人間かどうかを判別できるようになっているのだ。

星屑の魔女殿のおかげで看板の大半は撤去《てっきょ》した。

『道を通る前にこの物語を読んでください』

現在、道の手前に置かれている看板はこの一つのみである。そして本書の中には、道に相応《ふさわ》しくない人間のすべてが綴られている。

我が道はこうして本当の意味での完璧な状態を作り上げることに成功したのだ。

今後、もう二度と、私の道に不届《ふとど》き者が通ることはないだろう。

○

森の小道をのんびり歩く女性が一人おりました。

髪は灰色、瞳は瑠璃色、森の木々が「超可愛《かわい》いじゃん……」とさらさら囁く音を尻目《しりめ》にのんびりお散歩《さんぽ》するのは旅人であり魔女でもありました。

一体どなたでしょう?

そう、私です。

「たしかこの辺りですね——」

実のところ、最近とある噂《うわさ》を小耳《こみみ》に挟《はさ》んだのです。

国と国の間にある森の中。

なにやら妙に舗装された道があるそうな。それはとてもとても美しく、ついついゆっくりと歩いてみたくなるほど素晴らしい場所なのだとか。

ただの道だというのに少々大袈裟なお話ですよね。本当にそんな場所があるのでしょうか？

半信半疑《はんしんはんぎ》。

面白半分《おもしろはんぶん》。

ともかく私は件《くだん》の場所まで旅の途中にふらりと立ち寄ることにしたのです。

「ここですか」

噂によれば、小道の入り口部分には注意書きが一つ。

『道を通る前にこの物語を読んでください』

と書かれているそうです。そして実際ありました――私が立ち止まる先に、看板と一冊の本がどうぞ読んでくださいと語りかけるように置かれています。何が書かれているのでしょうか？　この道にまつわる逸話《いつわ》でしょうか？　もしかしたら何の変哲もないこの道が人気の観光地となるまでの物語が綴られているのかもしれません。

少々興味深いですね。

「……ふむ」

だから私は誘われるままに。

本へと手を伸ばしました――。

森の中、妙《みょう》に舗装《ほそう》されている道を見たことはないだろうか。

立ち並ぶ綺麗《きれい》な木々。よく見るとそのすべての枝《えだ》がちょうどいい具合《ぐあい》で剪定《せんてい》されている。

まるで測《はか》ったかのように真《ま》っ直《す》ぐに伸びている道。ゴミもなく、無駄《むだ》な草花も一切ない。何の変哲《へんてつ》もないただの道だが、抜けるような青空が広がっている今日のような日に歩いてみればとてもとても心地がいい。

「なんか長いですねこれ」

私は本をぱたんと閉じてため息ひとつ。読むのが面倒だったのでそのままふらりと道の中へと足を踏み入れるのでした。

「すみません、もう一度言っていただけますか？」

私は首をかしげながら言いました。

はあ？　と声を漏《も》らしてすらおりました。

訳のわからない状況に私の頭が限界になったのです。

何があったのかを順を追って振り返ってみましょう。

事の発端《ほったん》は旅の最中。『結《むす》ばれるノエティラ』などという名の国の門へとほうきで下り立った直後のこと。

「おお、旅の方ですか。どうぞこちらに」

「はあ」

入国審査を済ませて観光するよりも先に、私はなぜだか門兵さんたちに連れられて国の公的機関まで連行《れんこう》されておりました。

勝手に国の中をうろつくなと言いたげな対処《たいしょ》ともいえますね。

とはいえ私といえば旅人でありながら魔女でもあるわけですし、困り事を抱《かか》えた国の役人がたまたま訪れた魔女の力を頼りにしたのだろうと考えればさほど不思議《ふしぎ》なことでもありません。

「こちらが我が国の恋愛管理局《れんあいかんりきょく》です」

「はあ」

案内された施設の名が恋愛管理局などという聞き馴染《なじ》み皆無《かいむ》の場所であったとしても、まあそれも国の特色として呑《の》み込めば理解もできましょう。許容範囲《きょようはんい》。

この時点では私はまだ「きっと少し変わった国なんでしょうねー」くらいにしか思っていませんでした。

「こんにちは。イレイナ様。私は恋愛管理局の局長、ルルンと申します」

「はあ」

お役所に着いた直後に局長を名乗る中年女性が私の前に現れました。

少々横幅がわがままボディな彼女は私を応接室へと通したのちに、

「きっとこの施設まで呼び出された理由がわからないことでしょう。どうぞお掛けになってください。順を追って説明しますから」

とソファへと促《うなが》しました。

この辺りにおいても私はまだまだ平常心でした。

むしろこれから事情が明かされるのだろうと少々胸躍《むねおど》らせてすらいましたね。宝箱を前にした子どもの気分。

「じゃあまずはこの国の成り立ちから説明しますわね！　まず我が国の建国当初はそれはそれは大変な時代でして――」

まさか国の成り立ちから説明されるだなんて思ってもみなかったですね。宝箱の中身が空っぽだったときの子どものようなお顔をこの時の私はしていました。落胆《らくたん》していたという意味です。

しかしながらがっかりしながらも話はしっかり聞いているのが私という者。長いだけのお話を簡単にまとめて差し上げましょう。簡単にいえば、曰《いわ》くこの国は古くから男性も女性もとてもとても恋愛や結婚《けっこん》に対して消極的《しょうきょくてき》だったそうな。

そんな状況を憂《うれ》いたこの国は、とある組織を設立したそうです。

私が今いる恋愛管理局です。

「我が国では国民同士が安心して恋愛と結婚をできるように、ご本人の性格や趣味嗜好《しゅみしこう》などのあらゆる面を考慮《こうりょ》した上で国が相手を推奨《すいしょう》するように仕組み作りがなされているのです」

「はあ」

要するに国が交際相手を決める、ということですか――と頷《うなず》く私。

「なお、仮に国に推奨《すいしょう》された運命の相手との関係がうまくいかなくなった場合は再度別の方を紹介させていただくことになっています。一度恋愛で失敗した人でも、もう一度人と結ばれることができるようになっているのです」

「はあ」

この辺りにおいても私の頭は平常心。「なんかこの人の体重、私の倍くらいありそうですね」などと考えながら頷くくらいには余裕《よゆう》がありました。

問題はこの直後です。

「恋愛管理局が作った制度は、数日滞在《たいざい》するだけの旅人様も対象となっておりまして」

「はあ」

「イレイナ様もこの国で運命の相手との関係を作っていただきます」

「はあ?」

こうして私は訳のわからない状況に首をかしげることとなったのです。

何ですって?

「すみません、もう一度言っていただけますか?」

局長さんは「はい」と軽く頷きながら噛《か》み砕《くだ》いて言います。

「我が国が用意した相手とお付き合いをしていただきます」

ふむふむなるほど。

私はにこりと笑って言いました。

「出国していいですか?」

○

だめでした。

「どうしてこんな目に……」

『結ばれるノエティラ』で最も有名な待ち合わせ場所の一つ——幸福《こうふく》の橋《はし》などと呼ばれる場所にお

いて、おおよそ幸福とは無縁《むえん》そうなため息をこぼしながら茜色《あかねいろ》の空を仰《あお》ぎ見る魔女が一人おりました。

それは一体誰でしょう？

そう、私です。

「恋人なんて作りたくないんですけど……」

ですから私は恋愛管理局へと連行されて国の事情を聞かされた直後に割と本気で出国を申し出てみたのですが、どうやら商売のために来ているだけの商人たちと違い、国の中で数日間ふらふらするだけの旅人は国民と同じという扱《あつか》いを受けてしまうようです。苦い顔を浮かべる局長さんの姿が頭の中に蘇《よみがえ》ります。

「我が国は成人すると運命の相手の同伴《どうはん》がなければ出国できないような決まりになっておりまして……」

どうやらそのルールが私のような旅人にも適用されてしまうそうです。

つまり一度入国した時点で運命の相手との恋愛関係を作らぬ限りは正規の方法では出ることができなくなる、ということですね。

何と窮屈《きゅうくつ》な制度なのでしょう。

「というわけでイレイナ様！　お相手を探すためにいくつかテストを受けてもらいますわ！　あなたはどんな方がお似合《にあ》いかしら？　お顔も綺麗《きれい》なことですし、きっと素敵《すてき》な相手が見つかるに違いありませんわ！」

恋バナに興《きょう》じる女子学生のように心躍らせながら、それから局長さんは私にいくつかのテストを受けさせました。

それは簡単なアンケートであったり、目的がよくわからない心理テストであったり、計算問題であったり、それから身体能力を測るテストであったり――一体どのような基準で最適な恋人を探し当てるのかさっぱり疑問ですが、ともかくありとあらゆることをさせられました。

結果、解放される頃には夕方となっておりました。

「はいっ！　テストはこれで完了です！　お疲れ様でした！　それでは、指定された待ち合わせ場所にてお待ちください！　イレイナ様の恋人になるべき方をそちらに向かわせますわ！」

………………。

脳裏《のうり》に残っている局長さんの嬉《うれ》しそうな表情を掻《か》き消すように手で払《はら》いながら、私は辺りを見回しました。

指定された場所は幸福の橋。

私が立っているこの場所はこの国において多くの恋人たちを結びつけた聖地《せいち》であるそうです。

私のような流れ者からすれば受け入れ難《がた》いような奇妙《きみょう》な制度ではありますが、国に住む人たちからの評判は悪くないのかもしれません。

私とはおおよそ正反対の楽しげな表情を浮かべたカップルが周りに多数おられました。

「ねえ覚えてる？　私たち、ここで初めて会ったんだよ」「もちろん覚えてるよ。あの時はお互い緊張してたね」

それはたとえば手と手を繋《つな》ぎ合って歩く者たちだったり。

「この橋に二人の願いを込めた鍵《かぎ》をかけると関係がうまくいくそうだよ」「是非《ぜひ》かけておきましょう！　二人の出会いを記念して！」

あるいは出会ったばかりの初々《ういうい》しい二人組がいたり。

その場にいるのは大抵《たいてい》、幸せそうな様子《ようす》の二人組。

国の制度でお付き合いを始めることになったカップルたちでしょう。

「ほら！　あった！　前に来たときに二人でかけた鍵だよ」「え？　これ別の女の名前書いてあるじゃん」『あ、ごめん前の運命の人と来たときのやつだったこれ』『………………』

中には恋人特有の少々気まずい沈黙《ちんもく》に包まれる二人組もおりましたけれども。

何はともあれぼけーっと一人で立っているのは私だけ。

「……ふむ」

待っている間、暇《ひま》を持て余した私は手鏡《てかがみ》を取り出し、身だしなみを整え始めました。その姿はまるで約束の時間にルーズな恋人を待ち望むいじらしい乙女《おとめ》のよう。

そして鏡に映るのは美少女。

「やはり今日も私は可愛《かわい》い……」

呪文《じゅもん》のように唱えました。

私の運命の相手となるような方が仮に本当に実在するのでしたら、おそらくそれはこの国で最も幸運《こううん》な方であるに違いありません。

話は変わりますが私はそこそこ整った顔立ちをしているようで、街を歩けば軽薄《けいはく》な男性から声をかけられることも珍《めずら》しくはありません。ここが他国であれば既《すで》に二、三名からは食事のお誘いなども来ていることでしょう。

しかし現時点においては誰一人として声をかけてくることがありません。

運命の相手がどこかにいることを理解しているこの国の人々にとっては、よく知りもしない異性《いせい》を一《いち》か八《ばち》かで誘うことなど考えられない事態なのかもしれません。

だから私に声をかけてくる者がいないのでしょう。

そのような状況は今の私にとっては好機《こうき》に他なりませんでした。

単独でこちらに近づいてくる者がいれば、それは間違いなく私の運命の相手ということなのですから。

「…………」

鏡を眺《なが》めながら、髪形を整えながら、私は再び局長さんとの会話を思い出しました。

横幅がご自慢《じまん》の彼女は、テストを一通り終えたあとの私に対して、斯様《かよう》な言葉を投げかけたのです。

「こんなテストだけで運命の相手がわかるのか、不思議《ふしぎ》ですよね？」

「そうですね」私は頷いていました。「運命の相手がわかるかどうか以前に、そもそも私は恋愛をする気など皆無ですので、この国で身を固《かた》めることなどありませんよ」

きっぱりと語る私に対して局長さんは笑みを浮かべ続けておりました。

「ふふふ、大丈夫ですよ！　最初は恋愛する気がなくても、お相手と一緒《いっしょ》にいたらきっとそういう気分になりますから。お相手と仲良く出国できることを祈っておりますね！」

「そんなことにはならないと思いますけど」

あからさまに嫌《いや》そうな表情を浮かべる私。「そもそも私、ご覧《らん》の通り一人旅をしている身ですので、出国も一人で行いたいんですけど」

心の底から嫌がっていることがこの辺りでようやく局長さんにも察《さっ》していただけたのでしょう。

彼女は私の方へにじり寄ると、誰にも聞かれないようにこっそりと教えてくれたのです。

「もしもどうしても一人になりたい場合は後日、当局で運命の人との関係の解除申請《かいじょしんせい》を行ってください」

「解除申請」

人間関係のお話が急に事務的になりましたね。

「解除申請を出すと一時的に運命の相手との関係が切れ、特例的に単独での出国ができるようになります」

何ですと。

「何で単独で出ていけるんですか？」

「喧嘩《けんか》による一時的な別居《べっきょ》という扱いになりますので」

要は喧嘩をしているから一時的に距離を置きたい、という名目で国から逃げることができるということですね。

「完全に別れることはできないんですか」

「絶縁《ぜつえん》となりますと新たな運命の相手をあてがわれるリスクもありますし、何より別れるために恋愛管理局が連日にわたって調査をすることになりますわ」

「はあ……」

それは少々面倒《めんどう》ですね。

「ぱぱっと国から出たいのでしたら解除申請を出してそのまま国に戻らないやり方が一番です」

しかしこの申請を出すためには条件があるそうで。「ちなみに解除申請の提出のためにはお二人の署名《しょめい》が必要です。双方の合意があって初めて解除申請は成立しますの」

「なるほど」

つまるところ、相手から嫌われてしまえば、私も自由の身に戻れる、ということですね。

書類上は完全に相手との関係が切れないようですが、二度と国に戻らないのであれば関係ないでしょう。

少々ややこしい国のルールを頭の中で簡潔《かんけつ》に整理しながら、私は自《みずか》らの懐《ふところ》に手を入れました。

お相手の方に協力をお願いして一緒に国から出ていってもらうか。

それともお相手の方に解除申請を出してもらうか。

私が国から出るための手段はおおよそ二つ。

そしておそらく、後者のほうが手《て》っ取《と》り早《ばや》く、私自身も自由に行動できるでしょう——お相手に余計な手間を与えることもありませんし。

何より一緒に国から出るために見返りを求められたりなどしたら面倒ですし。

ゆえに私は運命の相手と待ち合わせるよりも前に、便利《べんり》な道具を一つ用意しておきました。

嫌《きら》われる薬。

白い液体が詰められた小瓶《こびん》にはそのようなラベルが貼《は》り付けられています。この小瓶の中にある薬を浴びた者は、物事に対して感じる嫌な気分が増幅します。簡潔に言うならば『嫌《きら》い』という感情が膨《ふく》らむ薬。

即席《そくせき》で作ったために効果時間も短めですが、今回はこのお薬を使って、軽い嫌がらせをしたのちお相手から嫌われることとしましょう。

「――あのう」

手鏡の向こう――背後から声をかけられたのは、そうして諸々の準備が終わった後になってのことでした。

「…………」手鏡を閉じながら、沈黙を返す私。

嫌われる薬にはその場であつらえた代物《しろもの》ゆえに大きな欠点が二つあります。

まず一つ目。

薬が強烈《きょうれつ》に臭《くさ》いこと。

小瓶を開けば生ぐさい臭《にお》いが辺りを漂《ただよ》い、最低な気分になります。

「――ひょっとして、君がイレイナさん?」

そして二つ目。

この薬は、必ず対象者にまんべんなく浴びせなければ効果がありません。飲ませるわけでもなく、上からかけるわけでもなく、霧状《きりじょう》にしてかけて差し上げなければならないのです。

なので。

私は杖《つえ》を出しました。

「いかにも私がイレイナですが」

くるりと振り返る私。

と同時に私はえいやっ、と杖をふるい、小瓶の中身を霧状に変えて浴びせてみました。

お相手の全身を包む白い霧。

「ぎゃあああああああああああああああああっ！」

おそらくはこの国で最も最低な初対面であったことでしょう。お相手の方はこの国で今、最も不幸な人物であるに違いありません。

少々申し訳ないことをしているという自負《じふ》はあります。

「すみません……でもこれが一番お互いにとって楽なんです……」

軽く謝りながらも私は首《こうべ》を垂《た》れます。

そういえばお相手はどのような方なのでしょう？　手鏡越しではろくに全体像を把握できませんでしたけれども。

「…………」

無言で私が見つめる中で、白い霧が徐々《じょじょ》に晴れていきます。

浮かび上がるのは人影ひとつ。

「な、何なのぉ……？」

肩《かた》にかかる程度の藍色《あいいろ》の髪。

歳の頃は二十代前半といった頃合いでしょう。身に纏《まと》うのはシンプルなロングのワンピース。それだけならばそこそこおしゃれな女子といった風貌《ふうぼう》ですが、肩に派手《はで》な柄《がら》のジャケットを羽織《はお》っており、地味なのか派手なのかよくわからない格好《かっこう》。

私の前でとてもとても嫌そうな顔を浮かべていたのは、そんな見た目をした、女性だったのです。

○

これが私の運命の相手なのでしょうか？

「い、いきなり何……？」

などと抗議《こうぎ》の声を上げる彼女。

この時の私は目を細めて怪訝《けげん》な表情を浮かべていたと思います。

まさか女性が来るとは思いもしていませんでしたが、何よりもその顔立ち、声、身長、体形、髪形、ファッション、何から何までどれをとっても、ピンとくるものがなかったのです。

うら若き乙女の間では「この人が運命の相手だ」と会った瞬間に確信《かくしん》をするものだと聞いたことがあります。

では目の前の彼女はどうでしょう。

むむむと改めて見つめたのちに、私は声を漏《も》らしました。

私ほどの旅人の相手なのですから、お相手はこの国で最も素晴《すば》らしい人間でもなければ釣り合いはとれないことでしょう。

つまるところ目の前の彼女こそこの国で一番の方ということになるわけですが。

「私の方が美人ですね……」

ふっ、と鼻《はな》を鳴らす私。

「えええええええええええ……？」

一方で彼女はたいそう戸惑《とまど》っておいででした。「いきなり変な霧をかけられたと思ったら今度はいきなり中傷《ちゅうしょう》？　近頃の旅人さんってどうなってるの？」

「嫌いになりましたか？」

「好き嫌いよりもまず戸惑いのほうが先に来るよ……」

初対面で最悪の印象を与えておけばおそらくはまず私のことを嫌いになってくれるだろうと思っていたのですが、どうやらやりすぎてしまったようです。

反省《はんせい》ですね。

「ふむ……」

とはいえ焦《あせ》る必要はありません。おそらく薬が効いてくれれば次第《しだい》に彼女は私の顔を見るだけでも嫌な気分になってくれることでしょう。「とりあえず自己紹介しましょう。私の名前はイレイナ。ご覧の通り絶世《ぜっせい》の美女です」

手を差し出す私。

「あ、はあ……」

曖昧《あいまい》に頷きながら彼女はこちらに手を差し出します。「私の名前はミレイユ。えっと、よろしく……？」

「ええ、よろしくお願いします」

それではご挨拶《あいさつ》がわりに最低なことを尋ねて差し上げましょう。

私はふふふといやらしい笑みを浮かべつつ、言いました。

「ところでご職業は？　年収はいくらほどで？」

「何なの……？」

戸惑うミレイユさん。

私と彼女。

おそらくこの国において最もひどい出会いがそこにはありました。

○

曰く彼女は恋愛管理局――私に対して国のルールを強制してきた組織に所属をしておられるようです。
よく見れば彼女が羽織っている派手な柄のジャケットは、入国直後にお会いした局長さんが着ていたのと同じもの。

「じゃあ結構年収高いんですね」

「いや別に普通だけど……」

「ひゅー。お金持ち」

「何なの……？」

戸惑う彼女を前に私は思考を巡《めぐ》らせます。

たとえ運命の相手としてあてがわれた相手が人のよさそうな女性であったとしても、私がやるべきことは変わりません。

お薬を与えてしまった以上、効果が切れるまでは一緒にいるべきであり、そして効果が切れる前に彼女から嫌われるべきなのです。

「話は変わりますけど、ちょっとデートにでも行ってみませんか」

というわけで。

それではここで私が事前に計画していた最低最悪で二度と会いたくならないようなデートプランをご覧に入れましょう。

「はあ……はあ……っ」

早速《さっそく》とばかりに私が借りた宿の中。

ミレイユさんの熱い吐息《といき》がベッドの上で漏れていました。出会ったばかりの二人。シーツには汗《あせ》

が染《し》みつき、一室の中は妙な熱気に満ちていました。

私は窓を開けながら彼女に向けて冷淡《れいたん》に語ります。

「ペース落ちてますよ。もっと頑張《がんば》ってください」

ベッドの上の彼女は苦しそうに喘《あえ》ぎながらも、「わ、わかったぁ……！」と上体を起こしました。

そう、筋《きん》トレです。

私が考えた限り、初デートにおいて初対面の人間を部屋に連れ込むべきではなく、そして自らの趣味を強要するようなことも御法度《ごはっと》といえましょう。

ゆえに私は考えた結果、初デートのプランとして下記のようなものを提案したのです。

「実は私、変わったポーズをとってる人を絵に描くのが趣味なんですよ」

斯様な言葉と共に彼女を部屋に連れ込んだ私は、ベッドの上で筋トレをするよう命じました。彼女が苦悶《くもん》の表情を浮かべるさまを眺めながら絵を描き、嫌気《いやけ》がさすのを待ちました。

いかがでしょう？

私のことを嫌いになったでしょうか？

結構嫌いになってますよね？

一通り絵を描き終えたあとに私はちらりとベッドの上を眺めました。

「ふう……」

汗まみれの彼女は大きなため息をついたのちに。

語ります。

「久々《ひさびさ》に身体を動かしたけど、結構いいねっ！」

「は？」

なぜだか爽《さわ》やかな表情を浮かべる彼女に私はそこそこ困惑《こんわく》いたしました。ひょっとしてまだ薬の効果が出ていないのでしょうか。

致し方がありませんね――。

「絵を描くのは飽《あ》きたので、次に行きましょう」

私は彼女を連れて宿を出ました。

というわけで二箇所目。

「きゃああああああああああああああああっ！」

ばしゃあああん！

激しい水飛沫《みずしぶき》が辺り一面に飛び散りました。

流した汗を拭《ぬぐ》うべく、私たちが向かった先は街の広場。大きな噴水《ふんすい》の前。

私はそこで「これからどちらかが噴水に落ちるまでお互いを押し合うゲームをしましょう」と誘ったのです。

そして当然のように私は魔法でイカサマをいたしました。

噴水にダイブするミレイユさん。そしてその様子を冷淡に見下ろす私。

折角のデートのために着てきた服は水に濡《ぬ》れ、髪形も崩《くず》れてしまっておりました。

これはなかなかの最低具合ではないでしょうか？

いかがでしょう？

「ははははは！　気持ちいいー！」

「は？」

なぜだか気持ちよさそうに水の中に浮かぶ彼女の姿がそこにはありました。

「最近仕事ばっかりでこういう遊びしてなかったから、なかなかいいかも。ありがと！」

何ならむしろ少々楽しげで、彼女の中で私の評価が上がってしまっているような気配すら感じました。

どうやら想像以上に懐が深いお方なのかもしれません。

「ぐぬぬ」

手強《てごわ》いですね……。

三箇所目からは少々趣向《しゅこう》を変えて、彼女に最低な思いをしていただくことにしました。

「……実は私、常に浮気《うわき》をしていないと生きていけない性分《しょうぶん》なんですよ」

服を魔法で乾《かわ》かして差し上げたのちに連れ込んだ喫茶店《きっさてん》にて。

私は真剣《しんけん》な表情で彼女に告白しました。

嫌われる方法は多種多様。

彼女自身に嫌な思いをさせずとも、私が最低最悪な人間だと印象付ければ、自ずと彼女の方から私のことを嫌いになってくれるはずです。

「そ、そうなんだ……」

私の突然の告白に彼女の表情は曇《くも》りました。

一定の効果があったようですね。

「ちなみに私はとんでもないクズ人間で、恋人に対して金を無心《むしん》するばかりでなく、ギャンブルでお金をどばどば溶かし、されどその反省も一切せずに生きています」

追撃とばかりに私は頷きます。

今、私にはこれから先に起こるべき未来が見えていました。

『そんな人だとは思わなかったよ！　最低！』

私を拒《こば》む彼女。

『私たちって全然運命の相手じゃないと思いません？』

『そうだね！　絶縁《ぜつえん》しよう！』

『じゃあ私たちはこれっきりということで』

解除申請にさりげなくサインをいただく私。

こうして私たちは仲良く破局《はきょく》するのでした。めでたしめでたし。

——おそらくはこうなることでしょう。

自由の身を目前に控《ひか》えた私は静かに笑みを浮かべました。

「そっか……」

そして彼女は私の目を見たのち。

手をとりながら、語るのです。

「話してくれてありがとう！　自分の短所を人に打ち明けるなんてなかなかできることじゃないよ。君って結構すごいね！」

それはまるですべての罪を包み込む聖母《せいぼ》のよう。手を握られているだけなのに何故《なぜ》だか抱きしめられていると錯覚《さっかく》するほどの温《あたた》かさがありました。

彼女は私のどうしようもない短所（虚偽申告《きょぎしんこく》）までをも優しく受け入れてしまったのです。

………。

いやいやいやいや。

私は言いました。

「何なんですか……？」

それから私はありとあらゆる手を尽《つ》くして彼女からの評価を下げようとしました。

たとえば引き続き喫茶店にて。

「私、ブラックコーヒーを飲む人間とは付き合えないんですよ」

彼女のコーヒーにミルクをどばどばと注いでみました。

「わあ。ありがとう。ちょうど甘いものが飲みたかったんだよね」

普通に喜ばれました。

あるいは夜の帳《とばり》が下りたころ。

二人並んで歩いている最中。

「実は私、満月を見ると毛がふさふさの化け物になるんです」

虚偽申告してみました。

「すごい！　いつか見てみたいなぁ」

普通に喜ばれてしまいました。

…………。

「実は私は月が出身でして、来年には月の国に帰らねばならないのです」

「すごーい！　オシャレだね！」

「ちなみに今のは嘘《うそ》です。私はとんでもない嘘つきの最低人間です」

「自己分析ができるのは素晴らしいことだよ。自分をあまり追い込まないで」

「ほんと何なんですか……？」

何を言っても彼女は全肯定《ぜんこうてい》。

私が彼女にかけた薬はあくまで物事に対する嫌な気分を増幅させるもの。物事に対して嫌な感情を抱いていないのであれば、効果は生じないのです。

「…………」

つまり彼女は私に対して正真正銘《しょうしんしょうめい》の本心で接しているということであり。

何一つとして嫌悪感を抱いていないということになります。心配になるほどに彼女は懐の深い人でした。

「ミレイユさんって、一体どんなときに嫌な気分になるんですか？」

ご本人に対してそのように直接尋ねてしまうほどに人格者でした。

「えええー？　嫌な気分になるとき？」

相変わらずにこにこと笑みを浮かべながら私の隣《となり》を歩いている彼女。

仄暗《ほのぐら》い月明かりの下でも彼女の表情だけは陽に照らされたように眩《まぶ》しく見えました。優しさに満ちた顔をしていました。

そんな彼女が嫌悪感を抱くときは、いつなのでしょう。

怒ったとき、彼女はどんな表情を浮かべるのでしょう。

思いを巡《めぐ》らせ、私が見守っている、その時のことでした。

「――あ、今すごいイライラしてきた」

彼女はぴたりと立ち止まり。

通りの向こうを睨《にら》みながら口を開きました。「どうしよう。すごいイライラしてきた。今すぐ怒鳴《どな》りたい気分かも」

突然の豹変《ひょうへん》でした。

一体どうしたというのでしょう。

私は彼女が見つめる方へと視線を向けます。

「……？」

直後に首をかしげることとなりました。

そこにあったのは本日入国直後に私が連行された恋愛管理局の本部。局長さんとお会いした場でもあり、ミレイユさんの職場でもあるはずです。

私の隣に立つ彼女と同じジャケットを羽織った人たちが、達成感に満ちた表情で建物から出てきておりました。

「そういえばあそこの局員さんたちって普段どんな仕事してるんですか」

なんとなく、当たり障《さわ》りのない質問を投げる私。

薬の効果が突然表れ始めたミレイユさんは――あからさまに苛立《いらだ》ち始めた彼女は、穏《おだ》やかな表情を崩さないまま、冷たい口調で答えます。

「別に特別なことはしてないよ。国のルールにのっとって、住民たちにテストを受けさせて、運命の相手と結びつけるだけ」

つまるところ、私を目下《もっか》悩ませているような問題をばら撒《ま》いて回っているということですか。

「旅人にも国のルールを強制するの、やめた方がいいと思いますよ。国の評判《ひょうばん》が落ちると思います」

「同じような苦情、たまに来るよ」

「そうでしょうとも」

「でも、これは国の形式上、仕方ないことなんだよ」

「というと」

首をかしげる私。

ため息で彼女は答えました。

「あまり表には出されてないけれど、うちの国は扱いきれない人間を旅人と結ぶことがあるんだ」

「扱いきれない人間」

とは？

「たとえば何度相手を見繕《みつくろ》ってもうまくいかない人間とか。恋愛管理局に対して反抗的《はんこうてき》な人間とか」

苛立ちが彼女の口を滑《すべ》らせているのかもしれません。

別人のようになった彼女が簡潔に例を挙げつつ語ったのは、この国の裏側のお話。

曰く、『結ばれるノエティラ』では扱い難い厄介《やっかい》な人間の運命の相手を旅人とすることにより、厄介払いを行っているのだそうです。

「要するに旅人と一緒に出ていきなさい、ってこと。それがあなたの運命ですよ、って恋愛管理局から言われているようなモンだよね」

「それでも出ていかなかった場合はどうするんですか」

つまるところ、運命の相手との解除申請を出したときのお話ですけれども。

「……うちの国って、運命の相手との関係が悪い人間は就職で冷遇《れいぐう》されるんだよ」

「？」

「運命の相手との関係が悪いということはすなわち本人に問題があるとみなされるんだ。運命の相手が国外に出ていて、長らく連絡も取り合っていないような関係性だった場合なんて特に最悪。国にいる限りろくな職に就《つ》けなくなると言っても過言《かごん》ではないよ」

つまり旅人が一人で国から出ていった時点で、二人の関係性は最悪のまま放置されているという判定になるのでしょう。

しかし既に旅人との運命を恋愛管理局から決定づけられているため新たな運命の相手を探してもらうこともできなくなる——つまり運命の相手として旅人を提示されたとき、国から出るか、それとも国に残って冷遇されるかの二択を与えられるということですね。

事実上の追放措置《ついほうそち》と言っても過言ではないでしょう。

なるほど。

「事情はよくわかりました。……けど」

ここで一つの疑問が私の頭の中によぎります。

一体どういうことでしょう？

まさしく今語ったような追放措置を、目の前の彼女が受けているのです。

私が抱いている疑問に彼女自身も自覚はあるのでしょう。

気まずそうに目を伏《ふ》せながら、ぽつりとこぼします。

「……さっきさ、恋愛管理局所属って言ったじゃん」

「はい」

そして彼女は言いました。

「今日クビになっちゃった」

ついさっき。

私と会う直前。

普通にクビになったのだと。

「そうなんですか」

「ええ」

それはつまり。

要するに。

「……無職が私の運命の相手ということですか？」

「もっと他に言うことなかったの」

○

たとえば器にヒビが入ったとたんに水が漏れ出し壊れるように。もしくは火をつけたとたんに燃え広がるように。

ひとたび彼女が苛立ち始めた直後、薬の効果は大爆発いたしました。

「ちくしょおおおおおおおおおおおおおおおおおおっ！」

どん！　とテーブルにジョッキを叩《たた》きつけるミレイユさん。

夜の酒場の中。

私の虚偽申告のすべてを優しく受け入れてくれていた彼女は今やお酒を受け入れるだけの存在と化していました。

既にテーブルの上にはビールのジョッキが乱立《らんりつ》し、それでも物足りないミレイユさんは「もう一杯！」と店員に向けて叫《さけ》びます。

「やってらんないよ！　何で私がクビになるわけ？　局のために誰よりも頑張って働いていた、この私が！」

あなた誰ですか……？　と問いかけたくなるような有様《ありさま》でした。

おそらくは今まで働いていた組織に対してたいそう不満があるのでしょう。有り余る悔《くや》しさはやがて涙《なみだ》になってぽろぽろ溢《あふ》れ、漏らすため息はお酒が進むたびに深くなっていきました。

「はーあ！　ほんと嫌になっちゃうなぁ！」

そしてちらちらと向けられる視線はどことなく「愚痴《ぐち》を聞いてほしいなぁ……」と語っているようでもありました。

「ところで今回のお食事ってミレイユさんの奢《おご》りでもいいですか？」

無視されました。

「ひどい！」

わーん、と泣き出すミレイユさん。「愚痴くらい聞いてくれてもいいじゃない！　私たちは運命の赤い糸で結ばれた二人なんだよ？」

「強引に結びつけられただけじゃないですか」

お話を聞く限り正しい根拠《こんきょ》に基《もと》づいて選ばれた運命の二人というわけでもないみたいですし。

「聞いてくれなきゃ別のモノ吐《は》いちゃうけどいいの？」

「別のモノって何ですか」

「いま私の胃《い》の中に溜まってるやつ」

「吐《は》いた瞬間この国で生きていけなくなりますけどいいんですか」

「ふん。どーせもうこの国では生きていけないから関係ないもん」

子どものように拗《す》ねるミレイユさん。

今の彼女のような状況に陥《おちい》った者たちがその後どうなったのかを彼女自身、これまで何度も目にしているのでしょう。

何杯飲んでも、彼女の不安と不満は晴れることなく、

「仕事を始めた頃は楽しかったんだけどな……」

結局、私の態度など意に介《かい》すことなく、彼女はひとりでに愚痴をこぼし始めていました。

そして一つ漏れればもう一つ。次から次へと漏れる愚痴の数々はやがて一つの物語へと姿を変えてゆくのです。


恋愛管理局はいわばお役所であり、国のシンボルでもあり、国内に数多《あまた》ある職業の中でも人気の花形職業であったそうです。

「ミレイユちゃん、今日も頑張ろうねっ！」「一緒に運命の相手をたくさん見つけてあげような！」

ゆえに同僚《どうりょう》や先輩《せんぱい》として一緒に働く人たちは男女ともにいずれもきらきらとしている素敵な人ばかりでした。

「はいっ！　一緒に頑張りましょうっ！」

きらきらとした職場できらきらとした仲間たちと共に、彼女は毎日を謳歌《おうか》しました。

彼女たちの業務は至ってシンプル。

「こんにちはー！　恋愛管理局でーす！」

街に赴《おもむ》き、こんこんこん、とノックを三回。「なあに？」と家から出てきた住民に対して、笑顔のまま懇切丁寧《こんせつていねい》に説明します。「我が国では成人で尚且《なおか》つ運命の相手がいない方にはテストを受けていただく必要があります。ご案内しますのでこちらへどうぞ！」

そして恋愛管理局の本部へと連行し、テストをさせて、その結果から適切な運命の相手を導き出す――要するに今日私が局長さんからされたようなことを日々やっていたそうです。

「どうしてもやらなきゃだめ……？」

中にはこのように渋《しぶ》る方もおりました。

「ダメですっ！　規則なので」

しかし彼女は頑《がん》として譲《ゆず》ることなく、テストへと案内します。

それからおおよそ数時間にわたり、心理テストや計算問題、簡単なアンケートや身体検査などを一通り実施。

一体どのような基準があるのかは定かではありませんが、テストの結果と本人の趣味嗜好から運命の相手に相応《ふさわ》しい人物像まですべて丸裸になるのだといいます。

「ふむ……」

結果が出た後は当該《とうがい》の住民と面談を行います。

住民の運命の相手探しは基本的に恋愛管理局員による人力での作業となるそうです。局員としてある程度はマニュアルに従うものの、住民とその相手を結びつけるのは結局のところ局員自身。ただの人です。

「ちなみにお客さん、今ちょっと気になってる人とかいるんですか……?」

ゆえにテストが終わったあとで、斯様なヒアリング——もとい恋バナのようなことをする職員が大半だったそうです。

「実は近所に少し気になっている人がいて……」

彼女の質問に住民の女性はもじもじしながら答えます。最近近所に新しくできたレストランで働いているウェイターさんが気になっている。素敵な人だとは思うけれど話したことはない。などなどと彼女はこぼします。

「なるほど!」

想い人がいるのに一歩を踏み出せない。そんな状況こそ局員の腕《うで》の見せ所でした。ミレイユさんはすぐさま近所のレストランで働いているウェイターさんの情報を探し当て、当該男性に運命の相手がまだいないことを確認しました。

そして相手男性と目の前の女性の相性をテストの結果から詳しく比較検討し、相性がよいことを確認した上で、

「……うん!　あなたの運命の相手はこの男性ですね!」

彼女は二人を結びつけました。

「ありがとう！　局員さん！」

女性は喜び、ミレイユさんに抱きつきます。それから約一年後に女性とウェイターさんは結婚なさったそうです。

国が結婚相手を強制的に見つけ出すという仕組みを聞いたときは少々理不尽《りふじん》な印象を抱いたものですが、どうやら内情はそこそこ緩《ゆる》く、住民たちの恋愛が成就《じょうじゅ》するように手助けをするための組織、と言った方が正しいのかもしれません。

内気な人が多い国民性であれば尚更、ミレイユさんのような職業は活躍したことでしょう。

他者から感謝される日々は、たしかにきらきらとしたものだったことでしょう。

「えへへへ……褒めてもらっちゃった」

しかしながら。

始めた頃は楽しかった——と酔《よ》った彼女がこぼした言葉の通り、次第に彼女のお仕事には暗雲《あんうん》が立ち込めるようになるのです。

それは彼女が働き始めて二年が過ぎた頃のことでした。

「……あれれ？」

ある日、いつものように街を歩いていた時のことでした。

街の路地裏《ろじうら》へと消えてゆく自身の同僚と住民の姿を彼女は目撃いたしました。一体何をやっているのでしょう？　彼女は面白そうな気配に釣られるように後を追いました。

きっと純朴《じゅんぼく》な彼女は知らなかったのでしょう。

人はやましい事情がない限り路地裏で密会をすることなどないことに。

「……以前お願いした例のアレの進捗《しんちょく》、どうなってるのかしら？」

暗がりの中で住民が尋《たず》ね。

そして同僚はにやりと笑いました。

「ええ。ばっちりです。書類を書き換えて、あなたの想い人との相性が高くなるように調整しておきましたよ。あとは私がお二人を結びつけるだけで作業は完了です」

「……さすが。仕事が早いわね」

住民は言いながら同僚にこっそりお金を手渡しておりました。

賄賂《わいろ》。

同僚は一部の住民からお金を受け取る代わりに、相性診断のテスト結果が都合のいいものになるように手を加えていたのです。

あからさまな不正です。

「ねえ、一体どういうつもり？」

後日、ミレイユさんは同僚を問い詰めました。恋愛管理局は国が誇る組織。金を受け取り結果を捻《ね》じ曲げるなどあってはならないのです。

しかし同僚は涼《すず》しい顔で答えました。

「別にみんなやってることだよ？」

賄賂を受け取り、相性がよくないはずの人々を無理やり結びつける——同僚曰く、恋愛管理局の多くの局員がそうして金銭を稼《かせ》いでいるのだそうです。

「えええええええ……？」

そんな馬鹿《ばか》な。

彼女は他の仲間を捕まえて尋ねました。

住民から賄賂とか受け取ったりしてる？

「え？　うん。してるけど」

「えええええええええ……」

驚きの事実。

きらきらした日々を送っている同僚たちのほとんどが涼しい顔で不正を働いていたのです。唖然《あぜん》とする彼女に対し、同僚たちは口々に言いました。

「ていうかミレイユちゃん、まだそういうのやってなかったんだ」「真面目《まじめ》だねえ」「やっぱ住民の希望に合わせてあげるのが一番でしょ」「せっかくの機会だし、ミレイユちゃんもやってみたら？」

そして同僚たちは悪魔《あくま》のように囁《ささや》くのです。

——やってもどうせバレないよ。

「うううううううう……」

仲間たちが口々に語る言葉を前に、ミレイユさんは思い悩みました。資料の改竄《かいざん》はよくないこと。組織の上層部に報告すべきでしょうか。

しかし身内の大半が公然と犯している罪ならば、上層部も既に事態を把握《はあく》している可能性もあります。揉《も》み消されたらどうしよう。告発したことで身内から恨《うら》まれたらどうしよう。騒ぎになって恋愛管理局の信頼が失墜《しっつい》したらどうしよう。大事《おおごと》になったらどうしよう。

自身の選択に、思い悩むこと数日。

「………」

選んだ答えは沈黙でした。

彼女は仲間たちの不正を受け入れてしまったのです。

見てみぬ振りをした罪悪感から逃れるように、彼女はそれから誰よりも勤勉《きんべん》に働きました。人と人を、次々と結びつけていきました。

働く過程で、同僚に賄賂を渡して運命の相手を見つけた女性がたったの数日で破局《はきょく》したことを知りました。

「根本的に相性が合わなかったのよね。やっぱ改竄ってダメね」

恋愛管理局へと足を運んだ女性は肩をすくめながら語ります。それからミレイユさんが新たな担当となり、誠意を込めて運命の相手を探して差し上げました。お相手は無事に見つかり、今もまだ交際は続いているそうです。

彼女は深く安堵《あんど》しました。

結局のところ、賄賂を渡して診断結果を書き換えたとしても、長続きすることはないのです。結果として住民は無駄《むだ》にお金を浪費《ろうひ》し、そして恋愛管理局側も無駄に仕事を増やすだけ。きっと自身が声を上げずとも、不正はそのうちなくなるだろうと思いました。

そして楽観する彼女の前に現実は突きつけられるのです。

『恋愛管理局　住民から賄賂を受け取った疑い』

今より一ヶ月ほど前のことになります。

街の新聞社が恋愛管理局に横行していた不正を記事にしたのです。当然ながら街の人々は恋愛管理局を強く非難《ひなん》しました。

結果として当時、局長を務《つと》めていた人物が責任をとって辞職し、今のルルンさんへと交代しました。

そして彼女は局員たちの前で宣言するのです。

「私が調べたところ、不正が起こり始めたのはここ数年のこと。おそらく主犯《しゅはん》がいるはずですわ。本日より内部の調査のために、局員一人ひとりに聞き取り調査を実施します」

組織を腐《くさ》らせた張本人《ちょうほんにん》をつきとめ、追い出すことで事態の収束《しゅうそく》を図《はか》ったのです。新たな局長の頼もしい姿にミレイユさんは惚《ほ》れ惚《ぼ》れとしました。

きっとこれからは働き始めた頃のように輝かしい日々を取り戻せるのだと思いました。誰もが不安を抱いて仕事をする中、ミレイユさんだけがいつも通りに業務をこなしました。

そして今日が訪れます。

「――あなたがミレイユさんですわね」

一ヶ月ほど前から実施されていた聞き取り調査。ミレイユさんの順番が回ってきたのです。

局長はまず最初にミレイユさんを座らせたあとで、

「よく仕事しているようね。多くの実績が資料に残されているわ」と労《ねぎら》いの言葉を投げかけました。

「……！　あ、ありがとうございます！」

頑張りが認められたことを嬉しく思うミレイユさん。

自然と表情が緩み、笑顔になりました。

「――それで、本題に入るのだけれど」

しかし対照的に、局長さんの表情は、どこまでも冷たくなっていきました。

そして向けられるのは、犯罪者を見るかのような視線。

「あなたが不正の主犯ね？」

確信をもった口調で局長さんは語っておいででした。

「ええええええええええ……？」

信じられない。何を言っているのですか？　そんなわけがないじゃないですか。戸惑いと共にあらゆる言葉が喉元《のどもと》で渋滞《じゅうたい》を起こして詰まります。

そんな彼女をよそに局長は資料を取り出しました。

「私が調査したところ、貴女《あなた》が対応した住民たちの資料から多くの改竄の痕跡《こんせき》が見られましたわ。不正の大部分が貴女に集中しているといっても過言ではありません。……これがどういうことか、わかりますわね？」

そうして差し出されるのは、見覚えのない住民の資料の数々。

「悪いことをした人間は痛い思いをするべきですわ」

端的《たんてき》に局長さんは語ります。

楽観的なミレイユさんは、大切なことを一つ失念《しつねん》していました。

彼女の仲間たちは、資料の改竄がとてもとても、得意だったのです。

「――こうして不正の主犯にでっち上げられて、私は晴れて憧《あこが》れの業界から追い出される羽目《はめ》になったってことなの」

テーブルに突《つ》っ伏《ぷ》しながら彼女は頬《ほお》を濡らします。

自身の選択に誤《あやま》りがあったことを強く自覚しているのでしょう。しかし既に手遅れであることも理解しているのでしょう。

「大変でしたね……」

かける言葉も見つからず、私はぽつりとこぼしていました。

未だに肩にかけられているジャケットは強く残った未練《みれん》の表れ。きっと今でも、恋愛管理局に戻りたいと願っているのでしょう――。

「というわけで私ね、今ものすごく恋愛管理局をぶっ壊《こわ》したい気分なの」

願ってなかったです。

何やら私が浴びせた薬がよくない方向に作用し始めたような気がしますね。

顔を上げた彼女は少々開き直った様子で語ります。「私、全然悪いことなんてしてなかったのに！むしろ一番真面目だったのに！」

「仲間の不正からは目を背《そむ》けてましたけどね」

「こんな私のような局員をクビにするなんて、ひどい局だと思わない？」

「私の突《つ》っ込《こ》みからも目を背けましたね」

まあしかし結果だけ見れば、無実の罪を着せられて職を追われる羽目になっているのですから、同情の余地もなくはないところ。

「悪いことをしてないのにこんな仕打ちにあって大変でしたね」

とりあえず当たり障《さわ》りのない対応をする私。

「でしょ！」

と前のめりになりながら、彼女は頷きました。

そして意を決したように爽《さわ》やかな表情で語るのです。

「というわけで私、報復《ほうふく》します！」

…………。

報復？

目を白黒させる私をよそに、彼女はにやりと笑います。

「私をこんなふうにした奴らをめちゃくちゃにしてやるんだ……」

「わあ……」

危険な思想の持ち主じゃないですか……。

「このままじゃむしゃくしゃして仕方ないの！　だから私をこんなふうにした恋愛管理局を破壊し

て、みんなを後悔させてやるんだ……」

「ひょっとしてクビにした局長さんって正しかったんですか……？」

「私をこんなふうにしたのはみんなが悪いんだからね……後悔させてあげなきゃダメだよね……」

「むしろクビは妥当《だとう》な判断だったと思われかねないような気がするのですけど……」

「というわけで私、恋愛管理局をぶっ壊すね！」

「はあ……」

真面目に取り組んでいた方ほど一度枷《かせ》が外れると抑えが利《き》かなくなるものなのでしょうか。薬の効果が続いていることも原因の一つかもしれませんけれども。「まあ、好きにすればいいんじゃないですか」

どのみち、ただの旅人である私には関係のない話です。

出国のための資料さえ用意してくれれば他に言うことはありません。不正に手を染めようが報復に走ろうが他言《たごん》はしないとお約束しましょう。

彼女は嬉しそうに笑いました。

「じゃあイレイナさん、一緒にこれから恋愛管理局に行こっか」

………………。

なぜ？

「私たちって運命で結ばれた二人なんだから、こういうのは一緒にしないとダメでしょ」

「いや相性云々《あいしょううんぬん》関係なしに勝手にくっつけられた二人というお話だったじゃないですか」

「！　未だに国の言っていることを信じているの？　恋愛管理局は不正を野放《のばな》しにする最低の組織だよ？　ひょっとしたら私たちは本当に相性がよくて一緒になった可能性だってゼロじゃない……！」

「私は現時点でそこそこ相性悪そうだなぁと感じてますけど」

「折角《せっかく》一緒になったんだし、手伝ってくれなきゃヤダヤダ！」

「余計なことをして国から睨まれるのは御免《ごめん》です。悪いことなら一人で行ってください」

私は言いながら立ち上がります。

とっとと逃げようとしました。ついでにお支払いを彼女に押し付けようとしました。

「……まって！」

普通に捕まりました。

私にしがみつくミレイユさん。お酒のせいで顔は赤く染まり、そして瞳《ひとみ》は先ほどの涙が未だ乾いておらず、その見た目はまるで自らから立ち去る恋人を必死に繋ぎ止めようとする健気《けなげ》な女性のようにも見えました。

「何ですか」冷たく見下ろす私はさながら愛想《あいそ》をつかした元恋人かのよう。

「あの、あのね……」

それから彼女は、私の耳元に口を寄せて。

囁くのです。

「――手伝ってくれないなら出国の手続き手伝ってあげないよ？」

「ひょっとしてあなた本当に不正の主犯なんじゃないですか？」

何で悪事の交渉だけ妙にうまいんですか……？

「イレイナさんも聞いたかもしれないけど、うちの国って解除申請出さないと一人で国から出られないんだよね。これってどういうことかわかる？」

どういうこと、と言われましても。

「あなたと仲良くしないと国から出られない、と言いたいんですか」

「ううん。違うよ！」

にこりと笑いながら、そして彼女は再び私の耳元へと口を寄せ。

囁きました。

「――イレイナさんの命綱《いのちづな》は私が握《にぎ》ってるってことだよ……」

「やっぱりあなた不正の主犯なんじゃないですか？」

口を開くたびに心の底にしまっていた黒い部分が漏れてませんか？

「はいっ！　じゃあ決定ね！　イレイナさんは私の相棒《あいぼう》！　これから恋愛管理局をぶっ壊すために協力してもらうよ！」

「嫌なんですけど……」

「私が指示を出すからイレイナさんは魔法で色々やってね！」

「私ありきの作戦じゃないっすか……」

「さあ、それじゃあ善は急げだよ！　今から行くよ！」

「今からですか」

「そう！　今から報復するの！」

慌《あわ》ただしく立ち上がるミレイユさん。

こうして私たちはお金を支払い、急いでお店を後にし――。

「おえええええええええええええええええええええええ……」

………。

彼女がそのまま路上で吐いたので、作戦決行は翌日からとなりました。

○

昨日《きのう》はお酒を浴びるように呑んでいたわけですし、何より私が与えたお薬の効果が生じていたこともあるわけですし、ミレイユさんが本意ではない言葉を語っていた可能性もゼロではありません。

というかそうであってほしいと思いながら私は翌日を迎えました。

「それじゃあイレイナさん。予定通り報復に行こっか！」

「………」

一緒におでかけ行こっか、みたいな軽い雰囲気《ふんいき》で普通に声を掛けてくるミレイユさん。残念ながら昨日のやり取りの大半は覚えておられるようです。

「私って酔ってたときの記憶も結構しっかり残ってるタイプなんだよね」

「へえ……」

「あ、何その顔！　信じてないでしょ」

「いえいえ別に」

肩をすくめながら応じる私。晴れやかなご様子から察するに路上を汚した辺りからの記憶は残ってはいないのでしょう。

嫌がらせ程度に何があったのかを詳細に語って差し上げても構わなかったのですが、彼女の機嫌《きげん》を損ねると出国が叶わなくなるため、私は渋々《しぶしぶ》といった雰囲気で彼女と行動を共にすることにいたしました。

「ふふふ……私はこれから極悪人《ごくあくにん》になる……」

こうしてミレイユさんの報復の日々が幕を開けたのです。

まず一人目。

「イレイナさん、見える？　あれが私の経歴《けいれき》に泥《どろ》を塗《ぬ》った女だよ……」

物陰《ものかげ》から顔を出すミレイユさん。視線の先の広場には男性と仲睦《なかむつ》まじくお話をしている女性の姿がありました。

経歴に泥を塗った女性、とのことですけれども。

「職場であなたを裏切《うらぎ》った人とかですか」

「ううん、元カノ！」

「はあ元カノ……元カノ？」

元カノって何ですか。

「元々付き合ってたけどわけあって別れちゃった女性って意味だよ」

「いや意味を聞いているのではなく」

「テストの成績的には相性抜群《あいしょうばつぐん》だったんだけど、愛してるって言ってくれないから別れちゃった」

「いや別れた理由の方も聞いてないのですけど」

「初めての恋人だったのに……！　あの人のせいで私の恋人歴に傷《きず》がついたんだよ！　許せない……」

ぎりぎりぎり、と歯を食いしばりながらミレイユさんは広場におられる元カノさんを睨みます。

まあそれはさておき。

女性とお付き合いしてたんですね。

「あの、恋愛管理局に報復する予定じゃなかったんですか」

「うん！　元々はそのつもりだったよ」

しかし昨晩《さくばん》から今に至るまでの間に何やら気分が変わったご様子。「どうせ悪いことをするんだったら一つや二つ増やしたところで問題ないよね……」

「なかなか悪者じみた思考回路してますね……」

失うものがなくなった彼女はもはや何でもできる開き直り人間と化していました。「で、彼女にどんな嫌がらせをなさる予定ですか」

「後ろから近づいて噴水に突き落としちゃおう」

「嫌がらせが地味《じみ》……」

呆《あき》れながら私はミレイユさんと共に元カノさんの傍《そば》へと近寄りました。

元カノさんの隣にいた男性が跪《ひざまず》いたのはちょうどその時。

「——俺と結婚してくれないか」

そして男性は元カノさんの手をとり、左手の薬指に口付けをいたしました。

「……まあ！」

感激する元カノさん。

「………………」

そのお尻《しり》の傍でしゃがんでいる私たち。

何なんですかこれ。

「今のはこの国特有のプロポーズの合図《あいず》なんだよ」微妙《びみょう》な顔をしている私に説明せねばならないと思ったのでしょうか。彼女はしたり顔を浮かべて言いました。「うちの国では指輪じゃなくて口付けを左手薬指に送ることになってるの」

「へえ……」

「あ、何その顔！　信じてないでしょ！」

「いえいえ別に」

信じてるかどうかはさておき。「で、どうするんですか？　今落としちゃいますか？」

少し魔法を加えて差し上げればすぐにでも噴水の中に落としてしまえそうな気がしますけれども。

いかがなさいますか？　と私は杖を片手に彼女にうかがいます。

「え、何言ってんのイレイナさん！　そんなのダメだよ！」

ぺちーん！　と私の肩を叩きながら、彼女は目くじら立てました。「プロポーズ現場の恋人同士を邪魔《じゃま》するなんてあってならないことだよ。退散《たいさん》するよ！」

「えええええ……」

ひょっとしてまだ酔ってるんですか？

これから悪いことをしようとしている人間とは思えないセリフを吐きながら彼女は元カノさんの前から退散《たいさん》いたしました。

「――さっきは失敗したけど今度こそ報復するよ！」

二人目。

ほどなくしたのちに彼女が訪れたのは街角にあるレストランでした。曰《いわ》くここにかつて彼女に苦い思いをさせた相手がいるそうです。

「で、お相手は？」

私は物陰から店内を見渡しながら尋ねます。お昼時ゆえに店内は例によってカップルでごった返しておりました。

「あそこだよ」

そして彼女が指差したのは店内――ではなくキッチンで働く男性でした。「前、あの人と付き合ってて酷《ひど》い別れ方したんだよね」

「あなた相手が男性でも大丈夫なんですね」

「どっちも好きー」

「それで彼とはどうして別れたんですか」

「愛してるって言ってくれないから……」

「先ほどからなんとなく感じてたのですけどミレイユさんって結構受け身ですよね」

仲間の悪事に対して沈黙を選んでしまったことからも少々匂っていましたが、どうやら彼女は自身の要望を打ち明けることは不得意なようです。

理由はさておき彼に復讐《ふくしゅう》したいということでしたので私たちはこっそりとキッチンへと迫りました。

予定ではミレイユさんが彼のお料理に余計な調味料を付け足してランチタイムを台無しにする手筈《てはず》となっておりました。

小瓶片手にこそこそ近づく私たち。

「今度、自分のレストランを持つことになったんだ」

元カレさんが同僚と楽しそうに言葉を交わしたのはその時でした。

「未来に希望を抱いている人に嫌がらせなんて私、できないよ……！」

「なんなんすか」

突っ込む私に対し、彼女は「これから料理で食べていこうとしている人のゆく手を阻《はば》むだなんてとんでもない」などというよくわからない言葉を残して立ち去りました。

やけくそになって悪いことをしたいと言っている割に、結局のところ彼女は人を傷つけることができないのでしょう――。

などと思いながら私たちは三人目の元へと向かいました。

「おりゃあああああああああああああっ！」

向かった直後に彼女はお相手の女性を噴水の中に突き落としました。

「きゃあああああああああああ！」

悲鳴を上げながら水の中へと沈むのは、恋愛管理局の局員さん。

曰くミレイユさんに罪を着せた一人だそうです。

「この子はどうしようもない奴だから突き落としてよし！」

「あなたの善悪の基準どうなってるんですか？」

基本はいい子。

ただし枷が外れるとどこかおかしく騒がしくなる。それがミレイユさんという女性なのかもしれません。

たとえば街角にて。

「俺、この仕事を辞めて自分で店を開こうと思うんだ……」

仕事仲間に将来への展望を語っている男性局員を発見した直後。

「おりゃああああああああああああああああっ！」

ミレイユさんは普通に襲《おそ》いかかりました。

「ぐああああああああああああああ！」倒れる局員。

いやいやいや。

「未来に希望を抱いてる人は襲わないんじゃなかったんですか」

「恋愛管理局員に未来などない」

「あなたどんどんおかしな方向に進んでません？」

派手な柄のジャケットを来た人間を次々強襲《きょうしゅう》するさまはまるで猛牛《もうぎゅう》の如《ごと》し。それから彼女はありとあらゆる場所に出没《しゅつぼつ》しました。

たとえばいい感じの雰囲気のレストランにて。

「俺と結婚してください！」

などとプロポーズをしている局員がいれば、

「おりゃああああああああああああ！」などと真っ先に襲い。

あるいは街中にて。

「ねえ知ってる？　さっき私たちの同僚が謎の女に襲われたらしいわよ……」「ええ？　それってひょっとして――」

などと雑談《ざつだん》している局員がいれば。

「おりゃあああああああああああ！」

やはり真っ先に突進し。

彼女はそうしてかれこれ十名以上もの局員たちを強襲していきました。その様子はさながら暴れる牛の如し。

「報復って超楽しい……」

「よかったですね……」

隣で冷ややかな目を向けながら私は彼女にお供しました。恋愛管理局の内部に今も残っている局員の大半は腐《くさ》った人間なので何をしてもよいという判断になっているようです。

「そして最後は腐敗《ふはい》の根源《こんげん》たる局長の番だよ……」

不敵《ふてき》に笑みを浮かべるミレイユさん。もはやいい子だった彼女はどこにもおりません。

「でも局長さんって割と真面目に仕事している人だったのでは？」

ミレイユさんが追放されたのは単に同僚たちに資料を改竄されたからですし、むしろ局長さんは無実なのではないでしょうか。

いっそ真面目に仕事をする彼女のことを頼もしいとすら感じていた気がするのですけれども。

「でもよく考えてみたらあんな組織のトップに立ってる時点でまともな人間じゃないよね」

「理不尽すぎる……」

悪事を働く同僚すら告発できなかった彼女などもはやどこにもいないのです。それから意気揚々《いきようよう》とミレイユさんは突き進み、恋愛管理局の目の前へと辿《たど》り着きました。

「ここで局長が出てくるまで張り込むよ！」

そそくさと物陰に隠れるミレイユさん。

何も知らない局長さんがふらりと管理局から出てきたのはそれからおおよそ数分が経過した後の

ことでした。

「……出てきた！」

むっとしながら局長さんを睨むミレイユさん。

私たちは運がいいようです。

襲うために二人揃《そろ》って後を追いました。

一体どのような方法で襲うつもりなのでしょうか？　魔法を使うならば事前の準備も必要でしょう。私は杖を構えながらミレイユさんと並びます。

「あれれ？」

間の抜けた声を彼女が上げたのは、ちょうどその時。

何があったのでしょう？　私は彼女の視線の先を辿ります――そこにいるのは先ほどから相変わらず、局長さん。

相変わらず横幅が広い女性が一人。

そこにおかしなものなど何もないはず。

だったはずなのですけれども。

「……ええ？」

首をかしげてしまいました。

なぜだか局長さんの足はそのままくるりと狭《せま》い路地裏へと突き進んでいってしまったのです。入るのでしょうか、サイズ的に。などと心配する私たちをよそに、彼女はそのまま吸い込まれるように人気《ひとけ》を避けた暗がりの中へと入り込んでいってしまいました。

やましい事情がない限り、路地裏に入ることなどないというのに。

「…………」

私たちは無言で顔を見合わせたのちに、局長さんの後を追いました。

そして覗《のぞ》き込み。

私たちは見ました。

「た、大変なんですよ局長！」

「俺たち、さっきミレイユの奴から急に報復を受けて……」

「あの子、次々と局員を襲ってるんです！」

そこにいたのは本日ミレイユさんが襲って回った局員さんたち。

そして真剣な顔で頷く、局長さんの姿。

「まずいですわね……」

彼女はそれから、言いました。

「私たちが罪を着せたことに勘《かん》づいたかもしれないわね……」

とてもとてもよくないことを、言いました。

私たちはそんな会話を聞きながら、顔を見合わせました。

「何か言うことはありますかミレイユさん」

彼女は遠い目をしておりました。

「まさか本当にろくでもない人だとは思わなかった」

○

人が内側に秘めているものはなかなかわからないものです。

それこそ家族や恋人でもない限り、人が心の底で求めているものは見えないのかもしれません。

断片的な情報からの推測ゆえ正確なことはわかりませんが、おそらくは恋愛管理局の内部はミレイユさんが想定していた以上に腐敗していたのでしょう。

「まずいですよ……、さっきプロポーズ邪魔されたんですけど……、ひょっとしたらあいつ、俺が自分の診断結果をいじって今の彼女と付き合ってることに気づいているのかも――」

局員の一人は焦った様子で語りかけました。

彼に続くように他の局員たちも頷きます。

「ひょっとしたらあいつ、俺たちがしてたことをリークする気なのかも……」「まずいわ！　バレたりなんてしたら、今の彼に振られちゃう……」「どうしましょう、局長……！」

ミレイユさんに元カノさんや元カレさんがいるように、恋愛管理局で働く局員たちも当然ながら国のルールにのっとり恋人を作ります。

しかしただでさえ住民からの賄賂程度で情報を簡単に書き換えるような局員たちが、自身の情報には手をつけないなんてあり得るのでしょうか。

きっと局員たちは以前から裏で私利私欲《しりしよく》を満たし続けていたのでしょう。

ミレイユさんが以前、路地裏で見たものは、きっと彼女たちの欲深さから滲《にじ》み出たほんの少しの綻《ほころ》び。

収賄《しゅうわい》など可愛く見えるくらいの悪事を局員たちは働いていたのです。

「お、落ち着きなさい、あなたたち！」

局長さんは周りにいる局員たちを制します。「ま、まだミレイユにバレたと決まったわけではないでしょう？　ただ仕事をクビになったことの腹《はら》いせをしている可能性だってありますでしょう」

まあ実際その通りなのですけれども。

局員たちは一様に首を振ります。

「何言ってるんですか」「ミレイユが嫌がらせのためだけに動くわけないじゃないですか」「俺たちを告発する勇気もなかった女の子ですよ？」「俺たちに危害を加えてきたってことは、ただの報復なんかじゃないですって！」

彼らはミレイユさんのことをよくわかっていたのでしょう。

国の住民の相談に対して親身になって耳を傾け、優しい言葉を投げかける半面、身内が犯した間違いに対して指摘をすることも、誰かに相談する勇気すらなく、ただ黙《だま》ることしかできなかった彼女。

そんな彼女だからこそ、罪をなすりつけても、追い出しても、きっと報復などしてこない——そう思っていたのでしょう。

「…………」

一つ彼らの目論見《もくろみ》に誤算《ごさん》があったとすれば。

本日の彼女はいつもよりも少しだけ、自身の気持ちに正直になっていること。

「前の私だったら、黙ってたかもね」

路地裏にて密会する恋愛管理局員たちへと投げかけられる声は一つ。

優しくて、穏やかな声。

その場にいた全員が振り向き、顔を向け。

「は――？」「み、ミレイユ……？」「何で……」

唖然《あぜん》としておられました。

驚いたことでしょう。そこには今、仲間たちを襲って回っているミレイユさんの姿があったのですから。

同時に恐怖したことでしょう。

穏やかに笑みを浮かべながらも、ゆっくりと近づいてゆく彼女の手には鈍器《どんき》が握りしめられていたのですから。

それはこの場において私が即席《そくせき》でご用意した武器。

路地裏を覗《のぞ》き込んだ直後、今のようなおぞましい笑顔を浮かべながら、ミレイユさんは私に対して命じたのです。

『イレイナさん、あの人たちを一網打尽《いちもうだじん》にできる武器、出して』

手を差し出しながら語る彼女。

『ええ……』唐突《とうとつ》な申し出に私は当然ながら難色《なんしょく》を示しました。『今すぐに武器を用意するのは、ちょっと』

『そうなんだ』

『ええ』

ご理解いただけましたか。

頷く彼女はそれから言いました。

『武器、出して』

『あれ？　今断りましたよね？』

『出して』

『いえ、だから今すぐはご用意がないんですけど――』

『はやく』

『話聞いてます？』

『急いで』

『酔っ払ってたときより強引ですね……』

怒りが頂点に達した彼女はもはや他者の言葉など何一つ受け入れない猛獣《もうじゅう》と化していました。

武器を作らずとも私が捕まえて差し上げてもよかったのですけど――ご自身で決着をつけたいのでしょう。

致し方ありません。私は魔法でちょちょいとその場にあった棒《ぼう》と紐《ひも》、それから石などありとあらゆる物を繋げて、一つの鈍器へと作り変えて差し上げました。

『ありがと』

そして歩き出す彼女。

向かう先には自らを欺《あざむ》き、追い出した者たちが集まっています。

「悪いことした人間は痛い思いをするべきだよね――！」

そして彼女はその場で作られた武器を振りかぶります。

人が内側に秘めているものはなかなかわからないものです。

想いは内側に秘めている間は存在しないと同義であり、言葉や行動で成し遂げることで一つの現実となるのです。

「ちょっ、待っ――」

局長さんがたじろぐ中。

ほんの少し正直になったミレイユさんは、こうして一つ、大きなことを成し遂げたのです。

○

組織ぐるみの汚職《おしょく》。

新局長の就任からわずか一ヶ月で判明した悪事の数々により、恋愛管理局なる珍妙《ちんみょう》な名前の組織の信用は失墜《しっつい》しました。

収賄《しゅうわい》を行っていた者たちは一様に組織から排除《はいじょ》され、恋愛管理局の業務も一時停止。組織のあり方について国内で議論となり、他人同士を結びつけるだけの組織が力を持ちすぎてしまっていたことを見直す方向に舵《かじ》を切ることとなりました。

つまるところ、ミレイユさんが振りかぶった一撃が、国を大きく揺るがしたのです。

「いやあ……」

事件が明るみになってから数日が経《た》った今、彼女は私の前で微妙《びみょう》な顔をしておりました。

収賄を行っていた局員たちに嵌《は》められたこともまた明るみとなり、彼女の解雇《かいこ》は撤回《てっかい》。恋愛管理局へと復職《ふくしょく》することが確定しました。

というわけでお祝いの場として私たちは再び顔を合わせたのですが。

彼女は嬉しいのやら、困っているのやら、曖昧《あいまい》な表情をしておりました。

「やりたいことはやったけど、これからどうしよ……」

前述した通り、今や組織は機能しておらず、解雇が撤回されたところで特にやれることもないのです。

言い換えるならば国を揺るがした張本人《ちょうほんにん》にもかかわらず、本人の環境だけは特に何も変わらないまま。

「とりあえず派手なジャケットを脱いだらどうです?」

恋愛管理局が動いていない以上、街なかで派手な柄のジャケットを羽織っているのも彼女だけ。

余計に目立つだけで着る意味もないでしょうに。

冷静に指摘する私に対し、彼女は自らの肩に触れながら、

「ずっと前から局員のジャケットを羽織って生活してたから、これがないと不安なんだよね。一度は外してみたんだけど、それでも違和感があってさ、元に戻しちゃった」

「そですか」

「現実って、急に変わっても戸惑うことのほうが多いんだよ」

「……………」

急に放り出されて途方《とほう》に暮れている、とでも言いたいのでしょう。「お暇《ひま》なら恋愛でもしてみたらいかがです？」

「相手してくれる？」

「それはちょっと」

私は旅人ですので。

「恋愛管理局が止まっている以上、恋愛だって難しいよ。相手を探してくれないんだもん」

「ご自身で探しに行けばいいじゃないですか」

「それはちょっと」

「そしてお相手が見つかったら、今度は自分から愛情を伝えるんです」

「それもちょっと」

私が並べる提案をことごとく受け流しながら、彼女は眉根《まゆね》を寄せました。「……性格や恋愛の方

だって、急に現実が変わっても戸惑うことのほうが多いんだよ、イレイナさん」

一度は本音で接して、局長たちの不正を暴いた彼女でしたが。

結局のところ、今までのような受け身であるほうが心地いいと感じてしまったのでしょうか。

「この前は自分から色々やったけど、継続するのは難しいよ」

「行動を起こすのは苦手《にがて》ですか」

「苦手っていうか……経験がないから、ちょっと勇気がいる、かも」もじもじと語るミレイユさん。

「ふむ……」

経験がない、とのことですけど。「自分からお相手に対して『愛してる』と伝えたことがないということですか？」

「そゆこと」

「プロポーズのご経験も？」

「あるわけないじゃん！」

だから変わるなんて難しいよー！

彼女は嘆《なげ》くように私の前で、語ってみせました。

「そですか」

私はただただ苦笑《くしょう》するのみでした。

頭の中で蘇るのは、この国に来たその日のうちに起きた出来事。

「うえええええええ……きもちわるい……」

「大丈夫ですか」

飲みすぎで彼女が吐いてしまったあとのことでした。

吐いたものも口の周りも綺麗にして差し上げたのちに、私は彼女に肩を貸してご自宅まで送って差し上げていました。

さすがに飲みすぎで酩酊《めいてい》している女性を道に放っておくわけにもいかなかったのです。

眠ってしまわないように何度も声をかけながら、私はご自宅までの道のりを合間合間で聞き出して、夜の道を歩きます。

幸いにも彼女のご自宅はそう遠くはなく、酒場から徒歩《とほ》で十分程度。

特に問題もなくご自宅の鍵《かぎ》を開けて、ベッドまで送り届けることができました。

「……ううう、あたまいたい」

「今日はゆっくり休んでください」

寝転ぶ彼女に、私は当たり障《さわ》りのない言葉で応じました。

「…………」

そんな私の顔を、彼女はじっと見つめます。「運んでくれてありがと、イレイナさん……」

今にも眠りにつきそうな口調。

「どういたしまして」

と応じながら、私は「明日もお仲間に復讐する気が残っていたらやりましょう。私も手伝いますよ」と軽口を叩きました。

どうせ覚えていないだろうと思っていたのです。

「たくさん粗相《そそう》したのに手伝ってくれるの？　めっちゃいい人じゃん、イレイナさん……」

「そうでしょうとも」

「すき……」

「………」

「ひょっとして本当に運命の人かな……」

いや違うと思いますけど……。

呆れて苦笑する私。

「……えい」対して彼女は、ベッドの上から手を伸ばし、私の左手を掴《つか》みました。

それはそれは唐突《とうとつ》で、意図《いと》もわからず、私はただただ「何です？」と首をかしげるばかり。

それから数秒、私の瞳を見つめたのちに、彼女は私の左手を、そのまま自らの唇《くちびる》へと添えてみせました。

くすぐったい感触は、左手の薬指を伝います。

「えへへへ。これ、どういう意味だかわかる？」

と言われましても。

存じ上げません。感触からして口付けをしてきたようですけれども——。

「どういう意味ですか？」

だから端的に私は尋ねたのです。

しかしその日のうちに答えが返ってくることはありませんでした。

「えへへへ、秘密！」

明日も覚えていたら教えてあげる。

寝床《ねどこ》の彼女は、そう言いながら、眠りについてしまったのですから。


いきなり現実が変わったら戸惑うことが多いなどとは言っておられますけれども。

変わるもなにもないでしょう。

彼女の現実は、既に変わったあとなのですから。

「ま、なんとかなるんじゃないんですか？」

だからいかにも適当な様子で私は彼女に言っていました。

「なにそれ！　元運命の相手なのに無責任！」頬を膨らませるミレイユさん。「一度は運命で結ばれた間柄《あいだがら》なんだから、何かアドバイスちょうだいよ」

私は肩をすくめました。

アドバイスですか。

「じゃあとりあえずお酒でも呑んだらどうです？」

「それはもういいや」

ほどなくして私は国を出ていくこととなりました。

恋愛管理局が停止してくれたおかげで、出入国のための手続きが簡略化《かんりゃくか》され、解除申請がなくとも単独で国から出られるようになりました。

「次にイレイナさんがきたときはもう少しまともな国になっていると思うよ」

門の前。

国の領土の向こう側へと出ていく私に、彼女は立ち止まったまま笑いかけていました。

偽物《にせもの》の運命で結ばれた私たちの関係もここまで。

「もう少しまともな国になってる、ですか」

皮肉《ひにく》なことに恋愛管理局はこの国における大きな特徴の一つであり、まともではない部分だったわけですけれども。「それって今後は普通の国になる、ということですか？」

「そうなるかもしれないし、そうならないかもしれない」

「どっちですか」

「気になるなら是非《ぜひ》また来てよ」

私の目で直接たしかめろということですか。

「じゃあ、その時はあなたの新しい恋人を紹介してくださいね」

「……そうなるかもしれないし、そうならないかもしれない」

「期待してますよ」

手を差し出す私。

別れの合図です。

「……まあ、頑張ってみるよ」

彼女もまた、頷きながら手を差し出してくれました。

そして私たちは手と手をとりあい、視線を合わせます。

「それではお元気で。ミレイユさん」

「うん。イレイナさんもね」

私と彼女。

おそらくこの国において最も穏やかな別れがそこにはあったのです。

あとがき

今回はページ数が少なめなのでいきなり各話コメントに入りますね！　例によってネタバレも含めた内容になりますので、まだ本編を読んでいない人は回れ右でお願いします！

●第一章『偽者《にせもの》の灰《はい》の魔女《まじょ》』
イレイナさんの真似《まね》を意図的にするキャラというアイデアは前からあったのですけど、なかなか本編に登場する機会はなく、気がついたら21巻になってました。イレイヌさんという言葉の語感《ごかん》がすきです。

●第二章『少年《しょうねん》の夢《ゆめ》』
姉と一緒《いっしょ》に活躍する夢を抱《いだ》いてがんばる少年のお話でした。このお話に関しては詳細《しょうさい》にコメントしないほうがいい気がするのでこれ以上は特に書くことありません。

●第三章『よく出来《でき》た子《こ》』
なぜか『魔女《まじょ》の旅々《たびたび》』ではこのような夢と希望に溢《あふ》れたサブタイトルに限って暗い話になりがち。

不思議《ふしぎ》だ……。

●第四章『砂漠《さばく》の財宝《ざいほう》』

元々は21巻の最終章に予定していた感じのお話ですね。思った以上に長くなってしまいました。「魔女旅」というシリーズも長く書いてきましたが、砂漠は魔法の仕組み（緑が少ないと魔力が枯渇《こかつ》する）の設定上イレイナさんが訪れづらく、そして男子がまっとうに活躍する話というのもこれまた数が少なく、あらゆる意味で「魔女旅」内では珍《めずら》しい展開の話だったのではないかと感じます。

●第五章『鋼鉄《こうてつ》の森《もり》』

自身が主張する正義を広めていきたいのか、ただ騒《さわ》ぎたいだけなのか、昨今《さっこん》はこの二つが混在《こんざい》しているような出来事《できごと》が多いような気がしますね。

●第六章『森《もり》の小道《こみち》の注意事項《ちゅういじこう》』

頭のいい大人は契約書《けいやくしょ》に大事なことをすべて滑《すべ》り込ませていて、しかしユーザーの多くはそんな長ったるしいものは読まないものなのです……。

そして頭のいい大人はそれをわかっているから気付かぬうちにこっそり悪い条件を忍《しの》ばせておくものなのです……。まあ今回の話はそういう話じゃないですけどね！

●第七章『運命《うんめい》の人《ひと》』

便利《べんり》なシステムも使う人によって如何様《いかような》不便《ふべん》な仕様《しよう》にも姿を変えるという感じのお話でした。

話は変わり個人的なお話になるのですが、引越《ひっこ》しに際してぼくが住んでいる地域も変わり、脱毛《だつもう》のために通っているクリニックも別の場所に変えました。

脱毛といえば以前の巻かどこかでお話したことがありますよね……ぼくのひげ脱毛が死ぬほど痛かった話を！　顔に輪ゴムでばちばちとやられているような地獄《じごく》のような苦しみが延々《えんえん》と続いた思い出は未だに脳裏《のうり》にバッチリ焼き付いていたので、「ふん、どうせ新しいクリニックも痛いことするんでしょ？　私知ってるんだから」と現実にすっかりげんなりしている僕はまるで新しいご主人様に対してそこそこツンツンした態度《たいど》をとる異世界にありがちな奴隷少女《どれいしょうじょ》みたいない態度でクリニックの扉《とびら》を開いた。

そして驚《おどろ》いた。

「はぁい。白石《しらいし》さん、それじゃあ今から施術《せじゅつ》しますねぇ」

いたく、ない――。

新しいクリニックは正真正銘《しょうしんしょうめい》の最新機器を利用しており、「新しい機器だから痛くないですよぉ」などとぬかしながら輪ゴムみたいな痛みを普通に当ててくる以前のクリニックと違い、痛みがほとんどなかったのだ。

うそでしょ？　何で？　普通《ふつう》痛いものじゃないの？　絶対《ぜったい》に裏《うら》があるに違いない……！

戸惑《とまど》いながら施術を受ける僕の様子はまさに「ご主人様って痛いことしてくるものじゃないの⁉」と驚き、一瞬《いっしゅん》でデレるちょろすぎる奴隷少女のそれだった。

「わ、私に一体何をしたの⁉」と驚く僕。

「ふん、普通の施術をしただけだが？」とクリニックのお姉《ねえ》さんがとドヤ顔したかどうかはさておき、施術は普通に終わった。僕はそこに通うことにした。

ともかく環境《かんきょう》が変われば色々と常識《じょうしき》も変わるということですね。変わり続けてゆく世の中なので、書き続けることもまだまだあるものです。そんなこんなで気がつけば『魔女の旅々』も21巻と大きな舞台まで来ることになりましたね。ドラマＣＤも第七弾！　ありとあらゆる物語を書いてきた気がしますが、しかしながらまだまだ書き足りないという渇《かわ》きが未だに疼《うず》いている気もします。

これからもまだまだイレイナさんの旅は続いていきますので、変わらず応援してくだされば幸《さいわ》いです。

白石定規《しらいしじょうぎ》でした！

また次巻でもお会いできることを祈って、あとがきを締《し》めくくりたいと思います。

それでは！

GAノベル

魔女《まじょ》の旅々《たびたび》 21

2023年10月31日　初版第一刷発行
2024年10月4日　第二刷発行

著者　白石定規

発行者　出井貴完

発行所　SBクリエイティブ株式会社
〒105-0001　東京都港区虎ノ門2-2-1
03-5549-1201　03-5549-1167（編集）

装丁　AFTERGLOW

印刷・製本　中央精版印刷株式会社

ISBN978-4-8156-1972-5
Printed in Japan

ファンレター、作品のご感想をお待ちしております。

〒105-0001　東京都港区虎ノ門2-2-1
SBクリエイティブ株式会社
GA文庫編集部 気付

「白石定規先生」係
「あずーる先生」係

本書に関するご意見・ご感想は
下のQRコードよりお寄せください。
※アクセスの際に発生する通信費等はご負担ください。

https://ga.sbcr.jp/

第17回GA文庫大賞
GA文庫では10代～20代のライトノベル読者に向けた魅力溢れるエンターテインメント作品を募集します！
書く、その先へ。
イラスト／はねこと
大賞賞金300万円＋コミカライズ確約！
◆募集内容◆
広義のエンターテインメント小説（ファンタジー、ラブコメ、学園など）で、日本語で書かれた未発表のオリジナル作品を募集します。希望者全員に評価シートを送付します。
※入賞作は当社にて刊行いたします。詳しくは募集要項をご確認下さい。
全入賞作品を刊行までサポート!!
応募の詳細はGA文庫公式ホームページにて
https://ga.sbcr.jp/